騎驢少年

DER JUNGE, DER AUF EINEM ESEL RITT

Das leben ist keine Reise

人生不是一場旅行

NESTOR T. KOLEE

內斯托・科里 著　　林吉莉 譯

獻給總是在逐夢的
文森和瓦倫婷

繁體中文版序

親愛的台灣讀者：

我懷著無比喜悅和謙卑的心，向你們獻上我在台灣的第一本書《騎驢少年》。從台灣迷人的海岸線，到蘊藏文化的台北街頭，我很榮幸能與如此多樣和充滿活力的你們分享這個故事。這本書，是一場跨越海洋和語言的旅程，其中蘊含的訊息超越了國界；它傳達出一種尋求意義、擁抱愛情、繼而鼓起勇氣改寫生命的信息。

人生常常被比喻為一場旅行，一場追求夢想的奧德賽：我們計畫路線，面對暴風雨，有時會失去方向。但夢想並非只是個目的地，而是由願望、愛和經歷交織而成，且不斷發展、演變的織錦。這就是《騎驢少年》裡的主角所發現的。一如他，我們在生活中都面臨著考驗，這些都不單單只是障礙，更是自我反省、成長和啟蒙的機會。它在召喚我們重新評估我們的生活，更新我們的願景。

為了實現夢想，我們不僅要懷有激情，還必須擁有韌性與適應性。可能我們常常會發現，年輕時的夢想隨著時間的推移而演變，但這不代表失敗或無法信守承諾，而是我們獲得智慧和經驗後的自然發展；夢想是有生命力的存在體，會隨著我們的成長而成長。

台灣作為一個經過歷史洗禮的國家，也正反映了這種情懷。從它豐富的歷史和遺產，到技術和社會的發展進步，它體現了堅韌和適應性。年輕人是一個國家夢想的接棒者，長者則是智慧和經驗的傳承者，正是這種世代間的加成作用，智慧和理想的分享，才能讓夢想得以實現。

在《騎驢少年》中，我們發現夢想也可以重新發現，重新想像。就像書中的年輕人一樣，許多人可能會遇到質疑生命本質的時刻，在面對這樣的時刻，最重要的是要記住，夢想不僅僅是個目的地，也是個指引，它會照亮旅人稀疏的小路，同時打開通往尚待探索的世界的大門。相較於目的地，它們和旅途的過程有更深刻的連結。

當你更深入閱讀本書的時候，願你能找到對夢想、願望和慾望的深思。願你能找到面對考驗時的勇氣，以及用你的智慧從不同角度去看待你的夢想。無論你是十七歲還是六十歲，夢想是沒有區別的，它們是打從內心對成就、冒險和意義的渴望。

最後我想說的是，我們不僅要做夢，更要以開放的心靈來做夢。我們要用仁慈、勇氣和智慧的線去編織夢想。在追逐地平線彼端的過程中，願我們能獲得喜悅，並且擁有建立夢想與現實之間連結的力量。

願你能擁有充實且具啟發性的閱讀旅程。

內斯托・科里

各界名人激賞推薦

●宋怡慧

《用書打怪》、《怡慧老師的原子習慣實踐之旅》作者、作家、丹鳳高中圖書館主任

●林怡辰

《小學生的調查任務：發現驚奇圖書館》、《怡辰老師的高效時間管理課：心態×概念×工具，打造恆毅力的人生複利心法》作者、閱讀教育推手、資深國小教師

●洪仲清

《相信自己是夠好的媽媽：是犧牲，還是責任？是妥協，還是平衡？放下對母愛的執著，恢復你的生命彈性，重新找回愛自己的方式》作者、臨床心理師

● **孫梓評**
詩人、小說家、散文作家、《自由時報》副刊主編

● **張尤金**
《天才的人間力，鈴木一朗：51則超越野球的人生智慧》、《大谷翔平：天才二刀流挑戰不可能的傳奇全紀錄》棒球作家

● **陳盈君**
《用情緒療癒卡喚醒拯救自己的內在力量》、《星際馬雅13月亮曆》作者、左西人文空間創辦人

● **彭芷雯**
《喚醒多次元之心》作者、心靈作家

● **愛瑞克**
《內在原力》系列作者、TMBA共同創辦人

● **蔡淇華**

《青春動力學：41個喚醒內在原力，找到夢想支點的起手式》、《寫作吧！一篇文章的生成》作家

● **蔣宗信（Vito大叔）**

《倒數60天職場生存日記》作者、圖文作家、設計人生教練

● **鐘穎**

《傳說裡的心理學》、《故事裡的心理學》作者、諮商心理師、愛智者書窩版主

序曲

小男孩好驕傲，他騎著驢子領軍整支隊伍。其他孩子們各自騎著自己的驢子跟在他後頭。他的父親為他報名參加這項騎驢之旅時，那個擁有這些動物的男人，朝他瞧了一眼，便把他安置在領頭的驢子上。

他們就這麼出發上路，這個男孩時時刻刻、不斷地撫摸他的驢子。在此同時，隊伍正穿越過美麗的安達魯西亞前行，然而領軍的男孩根本沒時間欣賞四周風景，他的目光只專注在他的動物身上。

大約騎乘了一半的路程後，這領頭的驢子突然打住腳步，牠低下頭，逕自吃起草來。

小男孩很開心，「先好好吃頓飯吧！」他對他的驢子說道。在驢子停下來的這段時間，他一刻也沒閒著輕輕撫摸牠。

然而其他的動物並沒有因此停下來。那位在整支騎驢隊伍中第二順位的孩子，趕緊超越他們。一路上一直只能跟在男孩後面的他，對於終於能領軍，開心極了。當他超過男孩那刻，散發著光芒。騎在第三順位的孩子也從男孩一旁超過去。第四位、第五位和之後的，一個接一個過去。不過那個小男孩仍然只是輕撫著他的驢子，「你好好地休息一下，這是你應得的。」他笑著說。驢子安靜地繼續享用著，讓其他的驢子越過。

男孩這時發現，從一旁騎過去的孩子們的態度，如何逐漸改變：最前面那幾個孩子只是單純地感到很開心，因為可以往前移動一個位置，而令後面幾個孩子更開心的是，男孩和他原本領先的驢子慢慢地一個接一個被超越，直直落到隊伍的最後。他們愉悅的笑容先是漠不關心，到最後變成幸災樂禍的竊笑，其中一、兩個人甚至開始出言不遜，冷嘲熱諷起來。

但是男孩並沒有被這些打擾。他根本沒注意去聽他們在說什麼，就算其中幾句話他聽到了，也只是訝異一下，很快就把注意力拉回到自己從未停止撫摸的驢子身上，並且在牠耳邊鼓勵牠繼續吃草。情況就這麼持續下去，直到最後一個孩子也超越他們——小男孩在那個孩子臉上看到了同情的目光，因為他知道處於隊伍最後的滋味和感受。「最後一名也可能會成為第一名。」人們總是這麼對他說，但他早已經失去了信念。

然後就在這一刻，就在最後一匹驢子也經過他們的同時，小男孩的驢子突然停止吃草，牠抬起頭，稍微看了一下前方的隊伍，接著便逕自向前跨步，彷彿小男孩不斷的撫摸給予了牠能量，原本領頭的牠，現在按照自己的節奏，很快追趕上其他人；就像旅程一開始一樣，牠比其他人都快一些，於是一個孩子接一個孩子、一匹驢子接一匹驢子地超前過去。

所有孩子臉上的表情這次看起來又不一樣了，只有隊伍裡最後一個小孩變得很開心，起碼他不是整段旅程都是最後一名。至於其他人，則是從一開始的驚訝不已，到最後變成嫉妒與忿忿不平。而那幾個還在隊伍領先位置的孩子，小男孩感覺到他們之間充滿了競爭意味，這些孩子甚至頻頻催促自己的驢子再快一些，不要讓小男孩和他的驢子超越了；悲慘的是最前面那個領頭的孩子，

第1章

絲絲點點的毛毛雨不斷落下，輕飄飄的雨絲，點點滴滴落在擋風玻璃上，雨刷抹去夾帶沙塵的雨水；那些塵土是車子一路開在西班牙公路間攜帶上的，現在都成為一道道塗抹在擋風玻璃上髒汙的灰泥條痕，跟隨著湯姆的車前進，它們十分搭配這片貧瘠荒漠的景觀。他失去了方向，他整個人生不再為他提供任何方向。

他的父親已經去世了好幾個星期，在那之後，隨著時間的流逝，那種人生毫無方向的感覺越來越強烈。父親是湯姆唯一的家人，現在他再也沒有其他親近的人了。就這樣到了某一刻，他知道自己已經承受不住了，覺得必須離開，必須換個地方生活；原以為這樣或許會有幫助，結果仍是徒勞無功。一抵達馬拉加，湯姆就已經知道，這段旅程可能只會讓情況更糟糕，因為儘管換了地方，那種失去方向的感覺仍然存在。

他租了輛車，就這樣上路。許多問題在他腦海中盤旋，那些問題是他需要向父親提出的，以幫助他釐清自我、找出人生方向的。然而死亡不會懂得他的問題，更給不了他答案。他把所有一切拋諸腦後，獨自來到這一無所有的不毛之地，駕著車在西班牙這片茫茫荒蕪的後方，這蠻荒之地貧瘠得一如他的人生。

距離最後一次看到那塊標示能住宿的牌子，已經過了很久。它指示要從主幹道進入山區。當湯姆決定要把方向盤隨之轉過去時，已經知道車子的油絕對不夠他的回程。**但回去又有什麼意義？**湯姆想著。**一個已經什麼都沒有的人生，又有什麼意義呢？**他就一直這麼地想著。如果他父親還在，一定會給他一個答案。那一定會是個樂觀主義者的答案，是唯有信念堅定的樂觀主義者，就算在人生最艱難的時刻，也總能給出的答案。**但那又有什麼意義呢？**這麼想著的同時，湯姆停頓了一會兒。這難道不正是最核心的問題？**人生到底有什麼意**

義？湯姆真心希望他至少還來得及向父親提出這個問題。

他轉頭看向一旁副駕駛座，上面放著所有他對父親的回憶。其中一個物品無法讓人忽略，不是真的很大、也不是太小的盒子，不特別起眼，一如他父親的一生。盒子雖然闔著，但是裡面物品的樣子，在湯姆眼前卻有著清晰的畫面。

這個盒子裡放著的是湯姆的「心石」，父親總是這麼稱呼它。這個心形石頭其實是顆小型的綠色水晶，湯姆仍然清楚記得父親為此對他說的字字句句。**當它在你身邊，它就會保護你，那就什麼事都不會發生。**父親總是聲稱這塊石頭是艾默拉德翠玉錄[1]的碎片。關於這塊翠玉錄石板是一段神話，根據古代傳

1 艾默拉德石板（Tabula Smaragdina），又稱《翠玉錄》（Emerald Tablet）。傳說這塊翠綠石板上刻有赫密士・崔斯墨圖（Hermes Trismegistus）所撰的文字。它被認為是赫密士主義的哲學基礎，也是中世紀鍊金術發展的重要依據。儘管公認的作者是赫密士，但翠綠石板的內容來源仍不明確，具體的發現時間與發現者也存有爭議。

說，其上書寫著世界靈魂的祕密。湯姆很讚嘆，也總是小心呵護著它。只是隨著年歲漸大，他越來越確定這不過是塊褪色的玻璃碎片，肯定是父親在某個海邊撿到的。不過孩提時期的他堅信世界上有股神祕力量，也總感覺得到這塊石頭隱約有著什麼魔力。就像此刻，正當他想起父親，就好似有種魔法一般，能讓他感受到栩栩如生的畫面。因為他的父親擁有一種天賦，他知道如何敘述關於這個世界的故事，而且總能讓人相信這些都是真實的。**我想念他的故事，我好想念他。父親總能賦予人生意義。**湯姆這麼想著。

在這之間雨已經越來越大，透過此刻被雨水沖刷乾淨的擋風玻璃，湯姆辨識出遠方能落腳的住宿地點，正是主要幹道旁標誌上指示的那間。那是一座大型古老的木屋，座落在山上森林斜坡腳下。從遠處看去，它好似就這麼直接地被雕刻在岩石上。只是當湯姆的車越靠近它時，才意識到是視覺欺騙了他。這房子其實是直接搭建在這塊從森林裡聳立出的岩石表面上。濕濕滑滑的木板是引領通向大門的路徑。湯姆下車的此刻，風雨漸漸強勁地襲擊而來，雨勢變得越來越大，終成一場暴風雨。從下往上看去，房子看起來有點詭異嚇人。還有些陰陰鬱鬱的，如同它其實是從另一個世紀來到這裡的一樣。但是湯姆別無其他選擇，至少裡面看起來還有燈光。全身濕透的他，最終站在有點歪斜的大門入口前。湯姆猶豫了一會兒。接著，他看到大門正上方一塊木頭上，刻著一個令人匪夷所思的名字，他不得不自問，是否裡面有什麼在等著他？

第2章

湯姆驚喜地發現，這棟木屋裡面不但溫暖且舒適。相較於屋外，屋內在他看來實在大不相同。不但一點也不陰暗昏沉，相反地，是個溫馨迷人的地方。朝湯姆迎面而來的是一個大型的空間，正中間有個被固定在天花板、懸吊而下在一堆熊熊烈火之上的巨型鐵鍋，一份舒適的溫暖從中散發出來，充滿了整間房子。讓湯姆更訝異的是，他並非唯一的訪客，滿滿的客人分散在屋內各處，他們坐著相互聊著天。湯姆觀察所有人一會兒，有種身處一個很特殊地方的感覺。**這個世界還真是無奇不有**。他心想。這是他人生中第一次，在毫無目的地或想法的情況下就出發的旅程。他從來沒有這種勇氣。**畢竟，在生活中，想要往哪兒去，你一定需要一個計畫，否則就會迷失方向。**

他總是這麼告訴自己。**同時命運卻又自有安排，那樣的話你也可以隨遇而安**。他在觀察這個特殊的地方時，這麼想著。只是到現在他還不太確定，自己究竟是如何來到這裡的。

「都已經進到裡面來了，為什麼看起來還像是一副迷路的樣子？」一句話把他從自己的思緒裡拉回。不知何時一位有著媽媽模樣、矮小的老婦人站在他身旁，她友善地看著湯姆。「他們早晚都會被帶到這裡來的。」湯姆聽不明白，老婦人朝他一笑，「迷路的人，」她看著湯姆，「總是會來到忘憂谷（Nepanthé）。」湯姆想起在屋外看到那個令人匪夷所思的字，**忘憂谷**，就刻在大門外上方一塊木板上，**但那個字到底有什麼意思呢？**湯姆一臉疑問地看著老婦人。

「別急，你會知道答案的。現在先跟我來，你肯定很餓了吧！」說著她便領著湯姆到那個大鐵鍋旁的小桌。爐火很溫暖，慢慢烘乾了他身上的衣物。儘管對他來說這個地方仍然很不尋常，但他卻越來越感到安全感和信任。他還在思考著婦人的話和這個地方的名字的時候，第一杯飲料和食物已被帶到他的桌上。**太奇怪了，我都還沒點菜呢！**他只訝異了會兒，不過隨即想到，自己已經好幾個鐘頭沒有吃過什麼東西了。因此沒有再問任何問題，決定先好好吃喝一頓；對於終於能夠再次吃飽他感到很滿足。

「好吃嗎？」老婦人突然又出現在他旁邊。湯姆帶著一種只有酒足飯飽後才有的笑容望向她。「實在太好吃了！我根本連點都不用點，飯菜就自動送上來了！」婦人又笑了出來，一如初見面迎接他進門的那個笑容。「這個地方知道你需要什麼。」說著這句話的同時，再度消失在他面前。湯姆還來不及細想她最後那句話，沒多久，她再度回來，帶著兩個添滿飲料的陶土高腳杯，在湯姆桌旁坐下。

「這個地方的命名，來自希臘神話的一種藥水，」她停了一會兒，才接著說下去，「忘憂草（Nepenthes）是一種藥，被混合添加在葡萄酒中，用以消除痛苦、驅趕恐懼、讓人忘記所有的疾病。這是獻給神的禮物。」在她繼續說下去前，湯姆無法不直盯著面前兩個陶土高腳杯，「這個地方的使命，正是幫助那些能找到路來到這裡的人們，消除他們正承受的痛苦。恐懼之人，不再恐懼；疾病纏身的人，再度享受生命。」她刻意再停了一會兒，帶著一種具有穿透力的眼光望向湯姆，「而失去方向的人，將被指引一條出路。」湯姆明白她說的正是自己，忍不住在心中自問，那會是怎樣的一條路呢？她接著繼續說下去。「這個地方叫做忘憂谷，正因為它是這樣的一個地方，一個沒有憂愁的地方。」婦人就此打住。

一個沒有憂愁的地方，湯姆默默地想著，這不正是幾天以前，他離開家時所一直想要尋找的嗎？一個能終結他的磨難、能讓他忘記痛苦的地方。「失去方向的人總是會來到忘憂谷嗎？」湯姆重複當他一進門，老婦人迎接他時所說的話。她看著他，安靜地點了點頭。「但是我並不是特意、有意識地來到這裡的啊。它不過是個可以讓我遮避的地方。」老婦人又笑了，「但你還是來了啊！也或許這就是你出現在這裡的原因。」她靜靜說道。

湯姆指著面前的杯子，「我一定要喝下這個嗎？」老婦人也指著自己的杯子回道：「我們一起喝。不過這要你自己做決定。人生中沒有什麼是你一定得要做的，如果你不想要做的話。」湯姆不太清楚該怎麼辦，不過他對她漸漸有了信任感。他伸手端起杯子，提出他的下一個問題：「接下來會發生什麼事呢？」婦人用一種深沉的、來自內心的平靜眼神看著他，「所有的煩惱都會離你而去。」湯姆接著想到，他沒有什麼好損失的，她也不可能對他下毒，基本上根本沒有理由不相信她。剛剛吃下肚的食物不但美味可口，她還給了他靠近爐火的好位置，而且附近的客人各個都看起來很友善。其他客人一來到這裡後，應該也都喝下杯子裡相同的飲料，目前至少看起來沒有什麼不妥。也許這飲料以及關於它的神奇作用，不過是老婦人的痴心妄想；也或許這正是她親切接待客人的招數。他們所有人不過是跟自己一樣迷了路，而這裡又那麼偏僻罷了。可以猜得出來不會發生什麼事。最好的狀況，就是稍後他可以再度感覺很好地上床睡覺去。現在要是和老婦人喝下這一杯，至少可以省去整個晚上懷著不安的心情。「我們為了什麼一起喝這一杯呢？」湯姆問著，他想到的是，應該只有他需要忘卻憂愁。「敬你和這個地方有了連結。」老婦人回說。湯姆笑了。也許這婦人不過就是愛喝吧。不過他開始喜歡這位老婦人了，她說話的樣子和看待世界的態度讓他想起了父親，總是知道如何用故事來施展魔力。**敬我的父親。**當他把高腳杯舉起時，這麼想著。婦人也舉杯和他一起乾下手上的酒。這其實就是紅酒，嘗起來非常地甜，但同時還有些苦澀。湯姆一口把它飲盡，就像喝藥一樣。老婦人才剛飲盡就立刻再度站起身。

「現在呢？」當他一看到婦人站起身準備要離開，趕緊問道。「我已經告訴過你了呀，你的憂愁都會離你而去。」湯姆有些失望地看著婦人。她是在開他玩笑嗎？湯姆正要開始為自己的愚蠢生起氣來時，婦人接著說道：「現在先去睡吧！你的夢，將會指引你方向。」

當湯姆聽到這句話時，就知道自己上了婦人的當。因為他從來不會做夢。從孩提時開始，他一次夢也沒有做過。那些所有她說的話，可能對其他客人會有所影響。也許他們晚上全都會躺在床上，受到酒精的啟發，然後在隔天早上紛紛講述了他們那晚做的夢。但是他知道，這對他不會起任何作用的。他就是不會做夢，他堅信自己再也不會有夢。不過就好像能讀出他的想法一樣，老婦人朝他看了最後一眼，用一種很嚴肅的聲音說道：「今晚，你會有夢的。」

第3章

在遙遠的沙漠中，在永恆沒有時間的空間中，貝都因人[2]印拉凱（In Lakech）坐在棕櫚樹的樹蔭下等候著。

他已經等候了永恆般的久遠，而且知道，等待是他真正的宿命。坐著，等候，直到事情發生；直到在這片由細沙而成的永恆無垠沙漠中，翻騰激起了什麼。直到規律循環的白天和黑夜、太陽和月亮，直到穩定起伏的生命被某物打

2 貝都因人是以氏族部落為基本單位在沙漠曠野過游牧生活的阿拉伯人，「貝都因」在阿拉伯語意指「居住在沙漠的人」。

斷。直到那時刻來臨將印拉凱的整個存在打斷，繼而轉向他的這項任務。為了這最重要的任務，他坐在這裡，並且等待著。

貝都因人感覺得到，這個時刻又漸漸逼近了。他一直觀察著沙粒許久，長時間以來他一直這麼觀察著。他把目光直直牢牢地盯在沙漠上，全神貫注地，以至於整個人沉浸其中，直到某個時刻感到自己與沙漠合而為一。他可以感受到每一粒細沙，感覺到與它們相連在一起，彷彿一個充滿生命的整個世界都隱藏在其中。這是一個充滿可能性的世界，存在於單粒沙的宇宙中。唯有透過他的觀察，又或者如他自己一直以來所說的，唯有在他「不以近距離觀察沙粒」時，才能真實感知到其中發生的每一份情緒波動。

今天他又再度感覺到了什麼。在一顆微小的沙粒裡，在這個渺小的世界中，遠方地平線上，人類肉眼看不見、但對他而言卻能夠清楚明確地感受得到，那裡有事情正在發生；地平線彼端有什麼正在騷動著，一切雖然還未成形，同時卻也很明確清楚，而且它將必然繼續移動。

「又來了，時候到了。」貝都因人想著，一邊開始為他的任務做準備。

「一旦那問題被提出，騷動總會風起雲湧而至。」儘管初始只是像沙子顆粒一樣渺小，但是只須經由這小小的騷動，就能無法控制地繼續擴大，變得更加緊迫——這一切的力量只為了尋找答案，而提問者都將無可避免地被引向他。

這一次也將如此。貝都因人才剛剛察覺到地平線上一小粒沙子的運動正在接近他，遠處便出現了一道影子。那是一道友好明亮的影子。隨著距離越來越接近，影子逐漸形成一個人的輪廓。

貝都因人印拉凱不識時間，時間也不存在於此，這個地方已經從時間這幻覺中解脫出來，一如這個地方也已經從空間這樣的概念中脫離。男人到達了，從沙塵中第一個騷動開始貝都因人就在等待的人，突然直接出現在他面前。

「很高興再度看見你。」貝都因人友善地向他問候。每一個來到他面前想要討論的訪客，都為此感到十分訝異。貝都因人總會和善地向他們解釋，「在我看來我們不是昨天才見過面的嗎？」想到昨天的討論他忍不住抿嘴一笑。男人驚訝地看著他，「我怎麼會來到這裡的？」他很想知道。「你每次都問一樣的問題。」一面向他的貝都因人朝他溫柔笑著。男人無法理解，「我以前已經來過這裡了？」他問貝都因人，因為他一點也不記得。

「我知道你很難理解，但是在這裡是沒有時間的。所以你曾經、現在、將來會一直在此出現，只除了你不在這裡的時候。」這是印拉凱唯一能給出的答案。貝都因人看得出來這個男人很迷惑。**當他們意識到在這裡的時候，總是會有這種感受**。他在心裡這樣想著，決定幫助這個男人稍微瞭解適應環境。「先試著不要用你所謂的理智來理解它。最簡單的方法是去感覺你在這裡，感覺此時此刻。」雖然這個男人仍然不太明白，但這些話確實讓他平靜許多。當他不再把注意力集中在理解自己是如何來到這裡時，他的困惑開始有所緩解。他接受他現在在這裡，在沙漠之間，站在這個貝都因人的面前，完全不清楚何時開始、何時結束，也不知道他應該在這裡做什麼。

「我們可以開始了嗎？」貝都因人輕柔地問。「開始什麼？」男人回問。貝都因人指示他坐下。那男人朦朧間看到面前有個寬而平坦的物體，它躺在一張小桌子上，延伸佈滿整張桌面，被一塊珍貴且華麗刺繡的布覆蓋住，他無法確定底下是什麼東西。貝都因人把手放在那塊布上。「開始什麼？」他重複男人提出的問題。「我想就從回答你來這裡要問的那些問題開始。」男人十分驚訝地看著他。是的！的確有。印象中，好像是有些重要的問題，是他最近才向自己提出的一個問題；一個一直在等待他、但以前完全被隱藏在生活中的問題，而現在，有急迫的重要性。不過他不確定自己現在能再度想起來，也或許是因為聽到貝都因人說的緣故。總之隨著貝都因人的話語，那些問題又再度進到他的現實中。「關於你生命意義的問題。對於你究竟為什麼來到這個世界的問題。一個問題，它的答案應該能再次給予你人生的方向。」貝都因人看進那男人的雙眼，知道他現在想起來了。

「所以我們可以開始了嗎？」貝都因人再次問道，指著在他面前被遮蓋住的物品。「我很確定，這一次你將會更接近答案一步，親愛的阿拉金。」男人豎起耳聽著，這是貝都因人第一次直接用個名字喊他。**但那不是我的名字啊！**男人在看著貝都因人將布緩緩拉到一旁的同時，這麼想著。

男人驚訝地看著面前布下出現的物品。「這是心靈之鏡。」貝都因人印拉凱定睛看著這個男人說：「這就是為什麼你會在這裡出現。」這個男人不懂對方的意思。一種奇怪的感覺在心中油然升起。他沒有勇氣注視這面鏡子太久，也說不出來為什麼，他只瞄了面前這個物品一會兒，大概看出它的形狀樣子。鏡子被設置在一副雕刻豐富精美的框架中，那賦予它看起來很珍貴的同時，卻也顯得簡單大方。像是一面任何人都可能擁有的鏡子，簡單普通，不是特別引人注目。男人在心裡想著，儘管如此，這面鏡子經由那纏繞在四周的裝飾品和圖案，讓人看起來有種少見的與眾不同。他試著靠近一點去觀察，奇特的是那些裝飾看起來似乎在說著某一種語言，而當它們說著的同時，開始圍繞著鏡子四周擴散變大。符號變得清晰可見，被書寫了出來；它們是話語，是古老的智慧箴言，它們傳播散佈開來，交織在生活中。它們向四面八方延伸，好似想直接傳達到那男人的耳裡。「看著我們，阿拉金。」它們耳語著，阿拉金趕忙將視線移開鏡子。

「現在你終於想起來自己的名字。」貝都因人朝他笑了笑。從第一次瞥見鏡子以來，阿拉金心中蔓延開的奇特感減輕了他的困惑，並且讓他整個人感到愉悅放鬆：剛剛還對自己怎麼會跑到這裡來驚慌失措，現在單純地對身處於此，感到完全的平靜和安寧。雖然他還不清楚自己從何處來，但這個問題不再困擾他了；他也不在意未來將如何，而在這個陌生的地方又該做什麼。唯一重要的是眼前這一刻，正是他所身處的這一刻。永恆。無垠。正如貝都因人印拉凱告訴他的那樣。

「我的名字正如你所稱呼的。」他聽見自己這麼對貝都因人說。他現在已然能接受這個名字。他感受到內在完全的平靜，讓他能泰然接受這裡給予他的任何事物。在內心最深處，他感覺到不論是他的名字、其他名字和任何事物的名稱，都是毫無意義的。就算有意義的話，在他看來，即便一如凝結成石般的堅定，或早或晚，最終也將會瓦解崩潰。把事物命名，只會讓它從幸福的存在狀態、從唯一真正的存在剝去——從阿拉金現在正存在的這一刻中剝離。

「從上次之後，你學到了很多。」當他看到阿拉金的想法時，不得不覺得有些驕傲，「保持這樣的認知。」阿拉金驚訝問道：「哪一種認知？」貝都因人親切地看向他，「只有這一刻，你所存在的現在這一刻，是唯一重要的一件事。此時此地此刻被創造出來，正是為了讓你可以將**這裡**和**現在**化為烏有。」

阿拉金不解，這樣的一個覺悟認知又能有怎樣的用處？不過仍然望向貝都因人，從他臉上可以看出，他想把剛才所說的話當成禮物送給自己。也許像是個武器、是件保護斗篷或是咒語，以保護他免受邪惡的侵害。

「我該如何尋找我存在的意義？」一會兒後，阿拉金開口問道。貝都因人印拉凱看向沙漠。「這個地方將施予你考驗。」他輕聲平靜地回答。「如果你通過這些考驗，就會知道你存在的意義。」他們默默地坐著，遙望著沙漠。「你說，我們經常像現在這樣？」過了一會兒，阿拉金問道。「是的，我親愛的阿拉金。我們經常這樣。」貝都因人重複他的話。「結果如何？」貝都因人有點俏皮地看著他。「每次總是大不相同。」「這意思是我曾經通過考驗？」阿拉金很想知道。「有時是，有時候不是。有一次你找到了生命的意義，另一次你甚至不去尋找它。」阿拉金不解地回答：「怎麼可能這樣？」「嗯，總是不一樣。生活總是不盡相同。」貝都因人隨後停頓了一下，然後繼續說下去。「但每次你來到這裡，你存在的意義都會向你揭示顯露。」他傾聽自己的內心深處一會兒，「我有一種很好的感覺，這一次你會走得比以往都要來得遠。」

他親切地看著阿拉金。「我們要不要試試？」貝都因人耐心地問道。

阿拉金沉默了，他思考著貝都因人所說的這些事情。雖然他不確定自己是否完全理解一切，但對鏡子裡匆匆即逝的畫面一瞥，所帶來的愉悅感覺，已一絲一毫地蔓延開來，克服了他的疑慮，讓他自此帶著這一份滿足且篤定的感覺，阿拉金終於問貝都因人：「我必須做什麼？」

「你必須要思考。」印拉凱以明亮且友善的聲音說，然後指著鏡子。當阿拉金看進鏡子時，他看到一個對他來說很奇特的影像：那是個騎著驢子的少年。

第4章

湯姆驚醒起身，直挺挺地坐在床邊，費力地把自己抓回現實。外面正颳著狂風暴雨，他慢慢想起來自己身處何處。他還在忘憂谷，一個沒有憂愁的地方。經過那段和老婦人匪夷所思的對話之後，他讓她安排了一間房，立刻倒頭就睡。那杯飲料讓他昏昏欲睡。**那是夢嗎？**他仍然還很茫然，無法完全想起來所有一切，突然窗外的一道閃電照亮了整間房，湯姆瞥見掛在床旁牆上鏡子裡的自己，他嚇了一大跳，這才想起來，他竟然真的做了場夢。十幾年來他第一次做夢，一如那老婦人所言，當他還在思考這一切意味著什麼的同時，疲倦再次征服了他，他陷入深沉而平靜的睡眠中。

隔天早上當他醒過來時，陽光普照，鳥兒也在鳴唱著，湯姆有種感覺，一如置身在他能想像中世界上最自由之地。當他朝樓下有火爐的那間大廳走去時，感到這輩子前所未有的放鬆。

其他幾個客人早在那裡用早餐，湯姆再度走到他的座位。爐火已經熄滅，不過陽光透過窗戶照射進室內，散發出足夠的溫暖。整個空間不再像昨晚好似被施了魔法一般，但同時卻將一分安祥平和傳送到湯姆身上。**老婦人說得對，這地方會帶走憂愁**。

食物和飲料再度自動被送上桌來。一看到菜色，湯姆感到歡喜：新鮮的雞蛋搭配煎得酥脆的培根，金黃色的吐司麵包，一旁還有加了火腿、彩椒和蘑菇的烘蛋，此外還有鬆餅和蜂蜜、水果，外加新鮮的柳橙汁和熱咖啡。**誰吃得下這麼多啊？**湯姆驚訝地想著，這些肯定是夠他吃的了。用餐同時，湯姆想著昨晚的夢境，那真是太令人匪夷所思的夢了，湯姆其實還不太能確定，那究竟是不是一場夢，因為他早已經忘記做夢是種什麼樣的感覺。**所以人必須要有夢，才能夠好好活著**。他突然這麼想著。**人生的道路唯有透過夢才能揭示出來**。他自己都嚇一跳會有這樣的想法。這是從昨晚得到的認知嗎？湯姆不知道該怎麼解釋。就目前而言，此時此刻的這裡，足以讓他平靜地感知世界，跟之前待在家裡，是完全不一樣的狀態。在以前，他只知道他的工作。那是份還算不錯的工作，能讓他有存在感，正因為如此他很少對此想太多。在正常情況下，工作屬於他生活的一部分，就像他住的那間公寓一樣、就像他居住的那座城市一樣，就如同許多其他他生活中的事物一樣。但是自從他父親去世後，時間再也不是在正常情況下了，所謂的日常，全都從正常生活中一一剝落，就在這個時刻，就在他最需要幫助支持的此時此刻，工作和其他的一切不再能支持他。也正是從那時候，一切都開始變調走了樣。突然一個想法湧進他的生活，就在他父親去世的那刻，一個深沉、來自內在的聲音提醒著湯姆，**生命是有限的**。那聲音在他耳畔低語繚繞，演變成了他日常的陪伴，一天接著一天、一次接著一次，時不時地向他揭示他生活真正的樣貌。揭示的越多，也就越糟。昨天還可以無關痛癢過著的日常，今天卻渴望能從中得到滿足；至今他沒有多想就可以做的事，現在卻想要問問，一切到底有什麼意義？若要尋找他生活中還有什麼奇蹟，唯一剩下的就是那顆能讓他回憶父親的綠石頭。只是可以肯定的是，那

第5章

這條路引領他走向更深的山裡。店老闆替他指了路，離這屋子不遠處後開始往上走。「那位解夢人打從好多年前就住在那上頭，非常久了，比這地方還要久。」老闆對他如此說道。「他老早就知道，從某個時候開始，夢，都會找到這兒來，所以他先落腳於此；在有忘憂谷之前就來了。」湯姆很想知道，他怎麼能這麼確定，這位解夢人真如他自己所宣稱的那樣。「因為他解過我的夢，」老闆回答湯姆，「如果沒有這位解夢人，就不會有今天的忘憂谷存在。」

費了好一番功夫，湯姆才抵達那上頭。上來的路是險峻陡坡，且湯姆一心掛念著自己的夢境。在沒有時間的沙漠中，遇見了一位貝都因人，他承諾湯姆將揭示他存在的意義，他不但以一個不尋常的名字稱呼湯姆，還說如果他想要尋找自己生命的意義，就必須完成一些試驗來證明自己。他還來不及開始，就醒過來了。但那裡還有些什麼，一位騎驢子的少年身影，顯示在貝都因人面前他稱之為心靈之鏡上。「你必須要思考。」湯姆記得貝都因人最後說了這句話。真是一場太詭異的夢了。湯姆實在無法想透這件事。當老闆告訴他有這位解夢人時，他遲疑了一會兒，自己真的想要一個解釋嗎？但是老闆接著告訴他，來到忘憂谷有兩種人，一種人來到這裡待上一段時間，懷有著夢想，他們享受這個地方帶來的那份來自內在的平靜，他們對自己的夢感到萬分開心，卻不知道如何對它做出正確的解釋。過了一陣子就再度離開忘憂谷，離開這個地方和他們的夢，就好比孩子回到成人的世界去。「其中一些人的憂慮又會回來，一些人則不然，但是全部的人隨著時間的流逝終將忘卻自己的夢。」老闆這麼說著，「留在他們心中的，只剩一份感受，一種時不時讓他們惆悵的感受：那是曾經有過一個夢，他們應該追尋卻沒有追尋的遺憾。」當湯姆正想追問另一種人時，老闆同時直截了當地說：「他們會直奔解夢人。」

湯姆走在最後一小段路程上時，解夢人已站在前方山坡上。儘管未曾見過面，湯姆馬上認出就是他。他全身上下一片白，湯姆自問，是什麼原因讓此人待在這山裡的？「你們的夢，」他聽到來自這位老智者鏗鏘有力的聲音，他就站在他眼前，「那股蘊藏在你們體內的力量，總會引領你們走向解夢人。」湯姆想問為什麼，卻不敢提出疑問。他對這個人有強烈的敬意。如果說那位矮小、像慈母般的老婦人，一如溫暖的大地，能給予湯姆足下踏實的土地，那麼眼前這位他正面對的人，就像在守護著天堂大門，只願指路給那些能證明自己是值得的人。**我確定我絕對不屬於這類人**。湯姆想著，他靜靜地保持著沉默，讓解夢人繼續說下去。「雖然想將這份力量激發，只不過大多數的人並不瞭解如何能設法實現它，他們比較清楚如何壓抑禁錮自己的夢。」

「我怎麼知道我的夢到底想要告訴我什麼？」湯姆突然衝口而出，解夢人嚴厲地看著他，沉默了半晌。「它都已經知道了，你又怎麼會不知道呢？」

他突然說道，指向湯姆的口袋。湯姆錯愕了一下，按了按大衣口袋，嚇了一跳。**這個人不可能知道的啊！**

他下意識地把手伸進口袋，握緊那個裝有心形石頭的小盒子，這個盒子是他下車前放進外套口袋裡，片刻不離隨身攜帶著。**他一定是發現我外套口袋看起來鼓鼓的，像是帶了什麼東西，才會猜到的。**湯姆有了疑慮。**也許他和那個老闆串通好了。**一定是那個老闆前晚就注意到，湯姆像保護寶物一樣看守著小盒子，懷疑裡面有寶物，所以把湯姆引誘到山上，好讓這個人把它從手裡奪走。**他肯定想糊弄我。**

但這位智者卻說：「你一定要好好珍惜對待你的綠石頭。它早已經知道你的路要帶領你去向何方，是它引領你到此地，也將繼續帶你向前。現在跟我過來。」接著他轉身離開，走到一棵生長在岩壁上頭的老柏樹旁。當湯姆慢慢地跟隨解夢人往前走時，思緒在腦海中翻騰。**他到底從哪裡知道我的石頭的？**自從湯姆在父親臨終床邊找到盒子帶離開之後，就沒再將它打開過。**給湯姆**，是父親親手寫在小紙條上的，紙張斜靠在盒子旁。一定是父親知道自己來日不多時，將紙張放在那裡的。湯姆一將盒子打開，看到那塊水晶時，眼淚便潰堤而出。孩提時所有的記憶，全是與父親有關的一切，和父親一起共度的時光，父親如何努力同時兼具母親的角色……因為除了父親，他再也沒有其他家人了。所有許久以前的過去，栩栩如生的畫面全都反應在這塊綠石頭上。也就是這一刻，湯姆的世界坍塌了：當他雙手捧起裝著這塊水晶的盒子時，感覺到周圍的一切都崩潰了；他迄今生活的那道門面就此分裂脫落，那本是一個他可以安全移動活著的場景，直到他打開盒子，從盒子裡突然衝撞出一陣風，讓一切崩潰倒塌。唯一遺留下的就是純然的迷失方向。湯姆再也不知道如何處理自己，自己的人生又該往哪去，直到他來到這裡。解夢人說對了，是他的石頭帶領他到這裡來的。**但他又怎麼可能知道所有的這一切呢？**

「到樹蔭那裡坐下。」解夢人說著，指向那棵老柏樹。「我必須傾聽風聲。」然而湯姆除了坐下，不知道自己應該做什麼。他還未向眼前這個男人講述過他的夢，難道他也已經知道了，就像他早已知道湯姆帶著他的心形石頭一般？

「跟我說說你的夢。」老人要求他。於是湯姆提到那片沙漠和那位貝都因人，他還說了關於需要通過試驗的宣告，生命的意義才能被揭示。他敘述了那面心靈之鏡，以及他在鏡中看到的一切。接著他又重複貝都因人提出的要求：「必須要思考。」當他敘述完時，解夢人一臉沉默端詳他好一會兒。此時在這個高度，風徐徐地吹著，可以聽到柏樹上發出輕輕的沙沙聲。

「你可以解釋我的夢嗎？」湯姆想知道究竟。智者還是不吭聲，好一會兒他才開口說道：「這個夢特別難解釋，大多數的夢相對來說簡單多了，它們簡單是因為它們是獨立完整的，並給予了明確的訊息。你的夢卻還沒有結束，還沒把全部你必須知道的告訴你，這是個還沒有完成的夢，特別罕見。」湯姆仔細想了想他聽到的一切，「所以你沒辦法幫我？」他不確定地問道。沮喪的感覺越來越強烈。**如果連我的夢都這麼複雜，我又怎麼可能找到我生命的意義？**「我們必須先討論我的酬勞。」老人突然嚴肅的說道。湯姆這才想到，他和解夢人的確還沒討論過費用。不過老人提到這件事的樣子，讓湯姆又起了疑心。

他一定是想要我的石頭。無論他怎麼發現的，大概都猜到它價值不菲。也許這真的就如同我父親一直說的那樣，它是塊古董水晶。「你想要什麼呢？」湯姆問智者，以一種很嚴肅的神情看向解夢人。不過對方沒開口，只是笑著，然後他才說：「這我還不知道。不過當你把你的夢做完之後，我會告訴你的。但是你必須要發誓，不論我要什麼，你都會答應。」湯姆猶豫了一會兒，接著問道：「如果我的夢不再繼續了呢？」「那我就沒有酬勞，而你將是永遠的追夢人。」解夢人立刻回道。

他現在不是耍了自己嗎？湯姆想到。如果我不喜歡他所說的，而我的夢也不再繼續，那我就不用給他任何東西。就算我再度繼續做我的夢，我也不一定要再回來請他解釋，那我也沒有什麼好損失的，不是嗎？這位智者打量著湯姆，看出他的想法。他仍然背負著來自屬於他舊世界裡的諸多不信任。他在心裡想著他所看見的。這對他來說將會是一場艱辛的旅程。他停了一會兒，當一場旅程始於死亡時，情況總是會這樣的。當死亡將你送上這段旅程，它也會再次降臨索取報酬的。不過他最好先不要對這個年輕人說這事。有時當我們不知

道在旅途中將發生什麼事會比較好。解夢人想著。**否則，也許我們就不會啟程上路，儘管那終將可以引領我們到達目標。**

「瞭解了。」湯姆對這位老人說道，「你可以先告訴我我的夢意味著什麼嗎？」「你必須要先發誓。」解夢人要求道，湯姆帶著對父親回憶發誓。解夢人安靜地再度望向柏樹，風已經緩和了些，從原本的沙沙聲變成了輕輕的如耳語般細微，幾乎快什麼都聽不見，但智者現在可以聽得更清楚風要告訴他的訊息。他傾聽著，笑了。湯姆之前敘述夢境所用的詞彙，再次出現，風保留住它們了，現在再度把它們吹進解夢人的耳裡。風聲漸漸平息，很快就只剩下幾個字。那是一句平靜的句子，解夢人在風完全止住前聽見的。最後一連串的話語在他的腦海中迴蕩著，一如山間輕柔的迴音。「我只知道你的夢想要對你說什麼。」他終於說道。湯姆充滿期待地望向解夢人。

「要注意，」解夢人深深望進湯姆眼裡，「你的夢只是一場長途旅程的開端，對此，我只能告訴你，永遠要記住，這只是你人生旅途的第一步。」湯姆點頭。「最重要的是不要跟隨別人的夢。」湯姆不太瞭解，畢竟他根本不知道別人有什麼夢。「對於未盡的、還沒有做到結局的夢，很輕易會因為失去耐心被不耐煩所誤導，」老人接著說道，「因此在你不知不覺中，很快就會隨著錯誤的夢而去，誤把別人的夢想當成是你自己的。在你還沒察覺以前，已經活在錯誤的人生中了；他人的夢將讓你遠離自己的人生道路。」老人停頓了一會兒，他等著，並不斷期望著湯姆能記住他的警告：「夢，我們很有可能被其所騙，如果你不知道如何解釋它，將會被導引走入毀滅之路。」

湯姆再度點頭，現在他清楚了這位老人的警告究竟是為了那樁，湯姆必須得依賴他來解夢。如果老人直接用他的神祕天賦來讓湯姆相信這一切，也許事情會更簡單些。「那我的夢到底想傳達什麼訊息呢？」他有些不耐煩地問。解夢人又等了一會兒，才回答他。

「你必須要思考。」最終這位老智者終於說了，「這就是你的夢的訊息。」湯姆不是很懂，「我又該要思考什麼呢？」他困惑地問。「這我就不知道了，你得自己想通。」老人簡短回答。「現在就出發，去做你的夢告訴你的事。」

湯姆失望受傷，感覺被冒犯了，接著有點生氣。這**算哪門子的解夢人啊？**他邊想著，邊試著先讓自己冷靜下來，反正他到現在也還沒有付任何費用。「這點我自己也解釋得出來。」他指責老人。「但是你並沒有，畢竟你不是解夢人。」老人反駁他之後，便起身站起來，回去他原來的山丘上。他在這位年輕人身上花的時間夠多了。也許將不會再見到他，就像其他大多數的人，幾天以後就把自己的夢再度給埋葬了，儘管他們都深深知道，生命是從內心最深處向他們說話的。**所有他該知道的，都已經知道了。他擁有那顆水晶，就擁有了進入世界靈魂之鑰**。解夢人對自己說道，邊想著年輕人攜帶著的那塊祖母綠翠玉錄碎片。

湯姆走回去，一上了車，又想起他往日的生活。**當這一切荒謬鬧劇結束後，我就回到之前遺棄離開的地方吧**。他這麼想著。**早在一抵達這裡的同時我就知道，這段時間不可能會帶給我什麼的**。剛剛老闆告訴他如何去最近的加油站時，並沒有詢問關於解夢人的事。也許他已經知道，大部分的人根本不願提起從解夢人那裡聽到的訊息。關於這點湯姆完全可以瞭解。

湯姆再度開上主要幹道上時，想起了家鄉。儘管他心裡很清楚：家已經不存在了，但現在沒有什麼事會比回到原有的生活更讓他渴望了。他會想起這些，完全是因為此時又躺回副駕駛座的那個小盒子。

第6章

開回到主幹道之後，湯姆一直在思考，想到自己在短時間內所經歷到的一切，實在難以釋懷。儘管對這位解夢人多少還是有點生氣，但他馬上領悟到，那個人其實是對的。夢境裡所要傳達的訊息再簡單不過，難道沒看出來不也是自己的錯嗎？「你必須要思考。」**有時生命中一些簡單的事物，是我們自己疏於去看見。正因此我們便無法從夢中得到任何益處。**想著的同時，湯姆再度訝異於自己的想法。「你必須要思考。」正是這個訊息，他突然意識到這是正確的。

這樣的理解讓他心情頓時好了起來，接著立刻開始試著從其他角度來看事情。**會不會這個地方被施了神祕魔法？而這魔法甚至覆蓋這裡所有的區域？**一開始對於來到美麗的安達魯西亞他並沒有想太多，只是想要遠離他在家裡日常生活的一切。但是，會選擇來到這個地區，難道沒有什麼特殊原因嗎？湯姆記得自己還小時，父親常常帶他來這裡。一連串美好的回憶都與這片土地聯繫起來，也有許多對父親的回憶。

也許我該利用這個機會，好好探索認識這個地方，湯姆想著。他看向副駕駛座上的盒子，**就好像父親仍在一旁一樣**。這次他笑了。「我們該往哪兒去呢？」他大聲地問道，不得不對自己笑了出來。

這三個月以來，湯姆待在安達魯西亞，他拜訪了許多地方，其中有些地方，他相信是小時候就來過的，其他地方對他來說都是嶄新的，但是所有地方似乎都遍佈著一股魔力。自從他決定暫時不要啟程回家，感覺便好了許多。他也曾試圖繼續進一步思考。但是並沒有帶來任何新的見解。**不能強求**，他對自己說時，便想起父親曾說過的一句格言：**耐心將迎來玫瑰**。

在旅程最後幾天，他發現一間莊園如同與世隔絕一樣，矗立在綠色山谷中央的一座小山丘上。看起來像是已經多年沒有人居住於此，儘管如此，房子還是像發出邀請函的模樣：一條小徑步道從碎石路通到一塊小廣場，而從那不大的露台可以遙望整個區域的好風光。湯姆覺得，他應該可以從上面那裡，再次看到他過去幾週以來去過的所有地方。他本來只是想要上去那裡向一切道別的，但很快地，這將成為他漫長旅程的真正開始。

這個想法是當他站在路上，遠遠看到這座無人居住的房子時所想到的。他原本是想從那裡向美麗的安達魯西亞道別，並致上最後的問候。他想要將能從這片莊園所看到的景色畫面，印在心裡一起帶回家。徵詢過他的那塊小石頭後，還是猶豫不決。在這塊屬於私人土地的入口通道上，迎接他的是一塊牌子，明確表示不准進入私人土地。湯姆無奈地站在那裡好一會兒，發現到那棟莊園大約還有一、兩公里，這塊土地肯定非常大。從另一方面來說，整個區域看起來很荒涼。在這個山谷裡，每塊地都相距好幾公里，他在路上看到最後一間有人居住的房子，大約是半小時前的事了；沒有人會發現他的。但是湯姆這輩子從來不曾做過任何違禁的事。因此他反反覆覆思考著，到底該不該忽略那個警告，走進這塊私人的土地。突然間，他發現自從遇到解夢人，然後決定延長他在這裡停留的時間之後，第一次再度認真思考該不該做某件事情。在過去的幾個月裡，他讓自己隨遇而安，沒有做過任何一個重大選擇，也沒有事情需要他決定。但是現在卻站在這個警告牌前，思考著。**這會是一個暗示嗎？**在這一刻前，若說前往哪棟莊園欣賞一下風光，對他來說都是個無傷大雅、微不足道的決定，但現在卻成為讓他費心思考的事。**會不會去到上面又發現一個特別的地方？就像旅程一開始他去到忘憂谷一般？會不會又能帶回什麼對他在老家舊生活很重要的東西？在忘憂谷他得以忘憂，在這裡可不可能又贏得什麼？**湯姆記得三個多月前他是如何來到這裡的。那時候完全失去方向的他從家鄉來到這裡，如今卻已經變得如此自由自在；他毫無計畫、沒有目標地在這個地方自由旅行著。忘憂谷，那場夢，和那些信息，改變了他對事物的看法。他現在又有了如同孩子般的目光。這目光完全集中在眼前當下，聚焦在大自然之美，在他每天早上聽到的鳥兒的歌聲，在風吹撫過的嘶嘶聲和無盡無邊的風光景色。那是對永恆望去的一瞥，沒有過去也沒有未來，沒有時間讓人失去方向。想要經由沉浸於當下，再次捕捉他在過去幾週裡所經歷過的一切。而能那樣做的所在，湯姆感覺得到，正是這位於山谷間小山丘上的老莊園，正是這個地方。

當湯姆有了這個想法，並開始思考要做出決定時，他看到了幾隻蝴蝶。牠們先是繞著那塊牌子飛舞，然後往上飛去，消失在山丘上的莊園間。**蝴蝶會帶來好運**。他父親常常這麼說。他肯定是在某本書上讀過這句子，自此以後，一有機會就對湯姆提到。湯姆瞥了一眼身旁的小盒子，然後啟動他的車，行經那塊牌子，跟隨著蝴蝶的方向駛去。

這風光真是太壯觀絕美了。湯姆萬萬沒想到這裡的風景會這麼美麗。之前，他已經先在院子裡走了一圈，發現一個曾經養過馬的舊馬廄，一輛已經生鏽的老式曳引機停在環繞農莊的路上；隨著這條路去，可以穿越草地直接到達那棟老莊園。儘管如此，湯姆還是決定走另一條小小的沙土路徑，這條小路以前一定是以石頭搭建台階而成的，幾塊遺留下來的方形石磚，好像是沿著路徑兩旁被人拋開似的，從中可以見證這一點。

湯姆對於選擇走這條石頭台階感到很高興，因為這才沒有錯過位於莊園略微下方的小廣場上的乾枯噴泉。在那後面甚至還有個游泳池，但完全被碎石礫填滿。主人可能不想使用它，所以用石頭把整個池子填滿了。把這個地方全面修復起來的工作，大概需要一輩子的時間。湯姆還記得，小時候他會花幾個小時沉浸在建蓋、在修理或發明東西中。**那真是很久以前的事了**，他帶著惆悵的笑容想著，但那也總是都充滿著冒險，他不得不想起他差點失去手的那次：那天他在修理一台舊的除草機，他的父親讓他這樣做，是因為多年來每次嘗試修理它都失敗了。從那時起，除草機就這麼一直被閒置在房子後面的舊棚子裡，任由它生鏽，不過油箱裡多少一直都還有些油。那天湯姆蹲在鋒利的螺旋葉片前好幾個小時，他把手伸到裡面，因為好像有什麼東西卡住了，就在他稍微轉過身把手伸回來去找工具時，沒想到機器突然啟動了。後來他只是很自豪地向父親展示修理好的除草機，對那差點發生的意外隻字未提。多年來，他早已忘記這個故事，然而那種對所有可以利用工具建造或修理的熱情，仍然存留著。在他的童年，這份打從心底的熱情，曾讓他廢寢忘食地度過無數的時光。

當湯姆最後終於走到露台上站在那兒時，他忽然明白他的夢要帶領他往何處去。一張白色小紙條張貼在小屋上：**莊園待售**。

第7章

解夢人坐在火前觀望著火焰許久。他之前獵到的兔子，已經快烤好了。牠的肥油滴落在火焰上，發出嘶嘶聲響。**思想可能把我們引入歧途**，這是被融化的脂肪流下的聲音告訴他的第一句話。解夢人煩惱地低下了頭。他早已經知道，他還必須幫助那個年輕人，這也是為什麼他可以輕易延後收取他的報酬。但他也一直懷著希望，這個男孩能先靠自己取得進展；畢竟他還擁有那塊綠石頭。但是火焰現在卻告訴他：不能下這個結論。

沒有路是不能轉圜的，解夢人這麼想著的同時，訝異於以他的豐富經驗，竟然老是會忘記這一點。他也忽略了該向年輕人解釋那些錯誤的跡象，那些看似在指示人生道路的跡象——他認為這是自己犯的一個很明顯的錯誤。此外，他也應該告訴年輕人，這些跡象有時可能會矇騙你，而且需要過上好長一段時間，你才會發現事實；尤其當你人生裡從未學習過如何辨識它，看著一路上嶄新的景象時，你很容易被那些跡象騙了。這個年輕人找到忘憂谷，不過是新手的好運罷了——當你起身踏上旅程時，生命早已經準備好了，新手的確是需要好運的。而年輕人雖然已經擁有那塊石頭，但那石頭只會幫助那些全然認識自己的心，並且傾聽內心聲音的人。而這個年輕人已經很久沒去傾聽自己的心了，至少是從他成人後就再也沒有。**這很少見**，解夢人想著，**儘管像他已擁有這麼強大力量的石頭相伴，每個人都還是必須再度重新學習去解開宇宙的魔力。**

也許他應該更清楚地警告那個年輕人：不要去追尋別人的夢想；每個人都有自己的夢想。如果他知道旅店老闆已經告訴過這個年輕人自己的夢想，他肯定就會提出警告。老闆的夢想就是要建造一個人們不必煩惱的地方，但這並不是年輕人的夢。忘憂谷對店老闆很重要，那是他的夢想。而這個年輕人要專注在自己的路，不是找個地方安頓下來，就算換到任何地方也一樣。**改變環境並**

不會讓他更接近自己的夢想。他很清楚年輕人此時正抱持這樣的想法。**那他自己呢，為什麼還不上路？**

因為每條路都是可以轉圜的。火焰劈啪作響，解夢人對於從火焰發出的深刻智慧表示理解。他在用完餐後迅速站起來，離開了火堆，火焰在此期間坍塌成餘燼。他沒有時間可以浪費了，他的急事可是無法轉圜的。

第8章

自從湯姆找到這片莊園之後，便不再花心思想著與過去的生活告別。在西班牙他已經簽好買下這整個房地產的合約。湯姆想要能十分確定，他的夢想可以成真。他擔心再度回到老家後會對這個決定猶豫起來。那些日常不應該毀了他的夢。湯姆還記得很清楚，那個老闆如何形容那群來到忘憂谷的人。**他們全隨著時間過去忘記了自己的夢。留在他們心中的，只剩一份感受，一種時不時讓他們惆悵的感受；那是曾經有過一個夢，他們應該追尋卻沒有追尋的遺憾。**湯姆絕對不想屬於這群人之一。

不久前他才再度返家一趟，處理一些最重要的事情。在這段時間，他正好能夠再次保持點距離地審視他往日的生活。現在看來，這就像他曾經被困在一組齒輪之間。湯姆還觀察了周圍的人如何重複每天的例行生活。**就像是機械中的齒輪，他想著。他們必須每天運作，才可以讓機械運行良好，除此以外沒有其他目的了。這些人不追尋自己存在的意義，只是運作而已。**他問自己，他們怎麼能如此完全沒有想法地繼續日常生活呢？他也曾經可以這樣過生活，但是現在已經無可挽回地失去這能力了。父親的離世，使他如此痛苦地意識到生命的有限性。這讓湯姆想到，這些人的生命某天也終將在某個時刻結束的事實。**他們運作著，直到被取代。**因為連機械的零件也有壽終正寢的一天。

他為數不多比較親近的朋友，當然也會對他的決定有所質疑。湯姆可以從他們的眼神中看得出來，可是幾乎沒有人真的對此說過什麼。**他們肯定已經很久不再有夢了。**湯姆這麼想著，選擇忽略他們的懷疑。

只有管理他父親遺產的律師，非常冷靜地問他，是不是真的不想再等一等，起碼等到所有事情都安排好之後。他認為買這莊園太輕率急躁也太冒險。何況湯姆根本還沒拿到屬於他的錢，無法湊齊這筆費用；首先他得出售所有的資產，之後才可以負擔得起他的新生活。

但是湯姆的人生已經浪費太多時間了，至少他是這麼覺得。不過他也忍不住又擔心起來，自己可能會像忘憂谷的那些人一樣，不再關心夢想的意義。他的心思不該再被生活雜事佔據著，否則那份渴望獨自重建一個古老的莊園，忙到像個孩子似的忘記時間，都將很快變成只是一段曾有的遙遠回憶，還有他的夢也會逐漸暗淡。

如果他真的要接受生命送給他的這份禮物，到遠方的安達魯西亞生活，那麼他就不應該再回去。這是他最近幾個月感受到的？又或者是自己的想法告訴他的？

「過於心急把資產快速處理掉，總是會有風險的。」律師不贊成他的想法。但是對湯姆來說，這些顧慮，是收費辦事的律師應該辦好的事；他們總是在生活中看到風險，而湯姆想要看到的是機會。根據購買合同，他無法反悔地將自己和莊園綁在一起，這次他可是把握住了機會。而要能夠支付這筆費用，律師還得要幫他處理掉他所有的資產。

幾天之後他再度坐在莊園的露台上，觀看安達魯西亞的落日黃昏。他的思緒完全圍繞著他的夢想打轉。距離他上次到忘憂谷，已經三個多月過去了。夢想不是已經實現了嗎？從他的想法變成真到現在……那距離他的生命意義還有多遠呢？他感覺到自己已經完成第一步了。**第一步總是最困難的**，他在心裡想著。但是他夢裡的那個貝都因人說，在完全揭示他的生命意義之前，還有接下來的考驗要面對。而這不過只是第一步。

湯姆也想到那位解夢人。和他見面是很久以前的事了。如果再去找他，還會像上次一樣那麼簡單，在第一次做夢隔天就找到他嗎？**也許到時他會來找我。畢竟他自己說過，夢會招引他**。接著湯姆想到，解夢人也有權利拿取他的報酬。為此，他肯定會自動前來的，起碼要確保最終可以拿到酬勞。但是他到底想要什麼呢？這時那個念頭再次在湯姆的腦海中閃過，最終解夢人想要的，仍然只有可能是他的綠色石頭。他按了按依然隨身攜帶的盒子，想要確定它仍在那。自從在父親過世時發現它之後，便再也沒有打開過盒子。現在突然有想要再看到它一次的慾望。雖然盒子的重量還是相同的，但他有一瞬間忽然擔心石頭可能不在裡面了，可能有人趁他不注意時，偷偷調換了。直到他把盒子打開，這才鬆了口氣，石頭仍然在原來的位置。從找到盒子之後，他還從未把石頭拿到手上過，也許現在正是對的時機——在這裡，在他從舊生活走出來，踏出重要的第一步之後，終於待在自己的莊園的第一個晚上。然而，當湯姆正想把它取出來放在手上，突然間卻感到手上傳來小小的刺痛，這使他退縮了。他的手指流血了。湯姆忘記這石頭的邊緣有多鋒利；畢竟是他父親找到的一個玻璃碎片。

湯姆包紮了手指，傷口比他想像得還深。一滴血滴在露台上，湯姆不是迷信的人，但在開始新生活的第一個晚上，起碼該有個好一點的兆頭吧。他不由自主地想尋找蝴蝶的蹤影，但令人有些訝異的是什麼也沒看到。**奇怪了，本來整個草坪上到處都是啊……有可能是現在太晚了嗎？**他把石頭留在盒子裡，再度關上它，準備上床睡覺。

自從幾個月前來到西班牙之後，這是第一次他再度感受到一份不熟悉的感覺。擔心憂慮在內心漸漸增強起來。起初，只是一種非常輕微，幾乎察覺不到的感受，這對他來說已經很陌生；是他的思想把這份感受帶給了他。湯姆感到有些不安。因為自從那晚在忘憂谷度過之後，他只知道無憂的滋味。然而此刻躺在床上的他，這份感覺再次在身上蔓延開來，他不由地思索，**他是不是真的太草率、太匆忙地改變自己的生活了？是什麼促使他邁出這一步的？難道只是因為一個聲稱風告訴他宇宙靈魂的老人，對他的夢做出的解釋？**湯姆突然感到一陣驚嚇。在不久前他的舊生活裡，對這樣的故事他頂多只會一笑置之，而他周圍的人不也都一樣嗎？而他們對於湯姆就這樣拋棄整個生活，不也都在搖頭？其實，他原有的生活不算太糟，有著規律、程序、結構和穩定性，讓人完全不需要擔憂。尤其繼承父親的遺產之後，他就能夠過上非常獨立和自由的生活。但現在，他把這一切換成了一個幾乎無法居住的莊園——對他來說，這莊園的魅力在於：首先他必須自己動手修復它。也許是他父親去世的震驚讓他誤入這條路。湯姆呼吸沉重，感覺到自己的心怦怦地狂跳，那響亮的敲擊讓他幾乎無法平靜下來。他再度看向盒子，想著他的那塊綠石頭。這讓他想起父親的話；**石頭會保護你，只要它在你身邊，就不會有不好的事情發生。**湯姆再度安靜下來，呼吸漸趨平穩。他跟自己說，也許只是因為在做出重大決定後產生疑慮的關係。他知道，幾乎所有的人對於做出如此重大的決定，一開始絕對都會傾向質疑，尤其是在決定塵埃落定之後。

隨著這樣的想法讓他漸漸地感到疲倦。如果不是手指上那小小的刺痛提醒著他，睡意早就征服了他，就像那晚在忘憂谷一般。那顆石頭，那顆應該要保護他的石頭，今晚弄傷了他。看來他需要第二顆石頭了。帶著最後這個想法入眠的湯姆，在三個月之後，終於又做了一場夢。

第9章

「看進鏡子裡會發生什麼事？」阿拉金很想知道。貝都因人一本正經嚴肅地回答：「內顯於外，裡面的世界只是反映出外面的世界。」**上即是下**。阿拉金突然看到鏡子的裝飾這麼寫著。這是第一次，他再度將目光投向它。

「我不明白。」阿拉金不太確定地說。「你將會瞭解的。」印拉凱說：「已經開始了。」再繼續說下去之前，貝都因人以一道嚴厲的目光審視著阿拉金。「想要尋找生命的意義之前，你必須要先深究並處理好自己的思想。思想創造了你的現實。它們可以奴役你，讓你遠離真正的意義。它們會讓你分心，把你帶入歧途。但是，如果你真誠地面對它們，它們將引導你朝向你生命意義的方向，穩穩地往前邁進。」他又一次彷彿穿透般的看了看阿拉金，然後繼續說下去。「瞭解自己的思想並非那麼簡單，簡直是不可能的任務，而這取決於你如何處理它，它會是你此生最艱鉅的任務之一，看起來更好似無法解決。你的思想將變成一道現實的高牆，無法逾越的你將被帶入一個迷宮，稍稍不注意，你將永遠找不到出口。你自己看吧！」這麼說的同時，貝都因人指向鏡子。

阿拉金身不由己，彷彿被迷住般的將頭轉向鏡子。整個框架及其裝飾品似乎正在增長蔓延，雕刻的文字穿透到阿拉金的耳裡。**上即是下**。當他的目光與鏡子表面交會時，數千幅影像從鏡子往他身邊奔騰而過。在這之間，阿拉金突然飛翔起來，隨後又墜落而下，完全迷失在自己的思想世界裡。

阿拉金像永無止境地墜落著，他不知道過了多久，也不清楚將從何而去。他為此已經失去方向感，不知道哪兒是上、哪兒是下，直到某一刻墜落戛然而止，出乎意料地，阿拉金發現自己竟然落在一頭驢子的背上。

他意識到自己是往後移動著。他的頭面朝下方，當睜開眼睛時，他首先看到的是灰褐色毛茸茸的皮毛，上面有個墊子，坐在這墊子上的他轉過身去。當他抬起頭，將目光隨著驢子的脖子向上移去，看到了牠的後腦勺，兩隻耳朵分別向左和向右伸向天空。搖晃中，他這才發現他們正在前進。這對他而言並不是太自在的狀況，因為他根本不知道如何騎驢子，他思考著，手茫然地尋找可以握住的地方。當他意識到，他唯一可以抓住的只有這個座墊時，不安的感覺更加劇烈了。

太陽在他們的後方，阿拉金看到前方自己的影子。他坐在驢子上沒有可以握住的韁繩，這份不安全感蔓延擴散到他的腦海中。正是這些想法讓影子突然顯得更加龐大具有威脅性。他越是全神貫注於這個影像，越讓他感覺到，陰影描繪出他和驢子的畫面，彷彿有自己的生命。他彷彿看到驢子的影子突然試圖站起來，想要把他甩掉。萬分驚恐的阿拉金更緊緊地抓住坐墊，直到手指都疼了，他意識到自己其實坐得很安全，這才漸漸冷靜下來。他不敢再看向影子，不過他的這份思緒就像被磁鐵一直吸引著。幸運的是，他現在感覺到太陽照在臉上，陽光的暖意突然讓那份思緒化開退去。前方的小路微彎，為此陽光直直照在阿拉金的臉上，影子也從他們身邊漸漸消失退後，最後慢慢地融解在光線中。鬆了一口氣的阿拉金，發現自己實際上平靜地坐在驢子上。

「我在這裡做什麼？」阿拉金想著，這才發現自己並不是唯一一個騎著驢子的人。不只前方，後面也都有一些男人騎著他們的驢子。他是團體中的一分子，但還是不清楚自己到底如何來到這的。奇怪的是對這場景他竟感到似曾相識，就像一個他曾知道、但已經遺忘許久的事實。就在他努力試著要回想起來前，陰暗的思緒再次襲來讓他的腦海一片黑暗。驢子隊伍領頭的人，看起來有點令人匪夷所思。他並沒有流露出任何讓能人信任的感覺，相反地，在阿拉金看來，他像是那種就算會使他的團隊處於危險之中，他還是會不惜一切冒著風險的人。阿拉金還未將這份想法深究下去，就看到這位領袖突然帶領大家離開他們一直騎在的平穩小徑，轉進崎嶇的路，團隊之中有些人似乎很享受他們的驢子越來越搖晃。他們搖來擺去的，威脅著要讓主人失去平衡。阿拉金非常擔心，他好想將上半身完全向前撲去躺平，緊緊抓住他的驢子。但是他不敢。一半出於怕丟臉、一半是出於恐懼，也許還會因此失去平衡。領頭的人帶領的路徑越來越崎嶇，突然間路變得非常狹窄。右邊是聳立的岩壁，左邊則是急劇往下的深淵；路越是陡峭，領隊帶領驢隊沿著懸崖也就走得越快。小徑沿著山坡往下而去，山谷看起來似乎一步步、越來越快地要將整支隊伍吞沒。阿拉金早已沒有勇氣向左方看去。「我完全無法得知領頭的人到底要將我們帶去哪裡。」他對自己說。內心深處他期望能不再屬於這支隊伍，才剛這麼想著的同時，下一場災難就降臨到他面前。路在前方岔開了，領頭人改為轉向較平坦安全的那條路，緊隨其後的驢子也紛紛跟著。另一條路則朝向一個巨岩，且更為陡峭崎嶇。「拜託跟著牠們，拜託跟著牠們。」阿拉金在腦中懇求他的驢子。在他前方還有兩頭驢子，都跟著走向岔路；當他看見第一隻動物跟著轉向安全的道路時，他試著讓自己冷靜下來，因為他正前方的第二隻動物應該也不會走向不同的路。但有一刻阿拉金還是被嚇了一跳，因為他突然感覺前面那隻動物好像要彎錯了，直到看到那頭驢子也走去對的路時，才鎮定一點。現在輪到他了，擔憂演變成恐慌，他無法擺脫他的驢子即將脫隊而行的想法。他的思緒如此強烈地集中在石子已經分別從左右兩側滑落。這隻動物不時危險地搖晃，阿拉金努力保持平衡，不讓自己和驢子摔倒。「停下來吧！」他內心懇求道。但驢子仍是繼續前進著。然後他看到了，他最擔心的事情就要成真了。在他們前面幾公尺處，小路驟然結束了，在那之後是陡峭的懸崖。他們正走向一個險峻的死胡同，那裡根本是個絕路。小徑又太窄，驢子也無法調頭，就連此刻，每踏出一步都可能失足。但也完全無法選擇倒退，不可能回得去了。看來已無法駕馭驢子了，阿拉金已經可以預想自己將從懸崖跌落谷底，他幾乎可以感覺自己就要摔下去，然後跌撞在地上……阿拉金想著，這就是結局了。

第10章

湯姆醒過來時很恐慌，他的頭旋轉著。昨晚的紅酒讓他頭痛欲裂。**怎麼會做這麼可怕的夢？**他沒時間細想，因為那如同槌子敲擊的聲音越來越大聲，越來越無法忍受——這時他才發現，那敲擊的聲音來自大門口，有人在莊園門口用力地敲著門。

當他終於記起來自己身處何方，才站起身慢慢穿過客廳去開門。那轟鳴聲完全沒有要停下來的樣子。湯姆已經不確定，那到底是在他頭裡的敲擊越來越強烈，又或者真的有人大力地在敲門。接著一個念頭閃過他的腦子，一定是解夢人！真沒想到，這個人這麼快就出現了！湯姆心裡不禁得意起來，因為他昨天晚上完全沒有猜錯。**他來是為了他的酬勞。我的夢吸引他過來，**

他一心急著想要解釋它，才能快速提出想要的報酬。湯姆已經開始在想，老人究竟會如何解釋這場夢，它對湯姆來說簡直是個惡夢。不過當他打開門，出現在眼前的答案，竟是一個臉紅脖子粗、滿臉怒氣的高壯男人——就是他，把莊園賣給了湯姆。這個人等不及湯姆說什麼，就大吼大叫起來：「我的錢他媽的到底在哪裡？」

所有的錢都不見了。湯姆的律師是對的，太過心急地將所有資產脫手是有風險的，這只會吸引來心懷不軌的生意人。儘管律師一遍又一遍地警告他，但湯姆只看到了這些人對他財產開出來的高價，最後，他們拿走湯姆所擁有的一切，跑了。他所有的財產都不見了，只剩下在安達盧西亞的這座廢墟，並且還欠了莊園地主全額的房款。地主此時出現，就是來告訴湯姆給他一個星期去籌錢，否則就要去坐牢。地主特別警告，他和當地的法官非常熟，尤其在西班牙這個大後方的監獄，外國人不太可能健康完好地出獄。他接著語帶威脅地說，在裡面的人會好好教訓湯姆，讓他知道在西班牙信守承諾的重要性。

一陣怒罵後，他把湯姆獨自留在莊園，還派了一個人在大門看守，讓湯姆先體會到被監禁起來的感覺。湯姆的夢，變成了一場惡夢，正如同昨晚夢境所諭示的那樣。

第11章

這個星期湯姆都沒辦法入眠；這已經是連續第三個晚上沒睡了。從莊園地主威脅要一個禮拜就拿到錢以後，他每晚都醒著，再也無法平靜下來。他完全沒想到過這輩子會面對這種遭遇：如此被要脅逼迫，如此地毫無希望，有時感覺就像死了一樣。每次這種感覺出現，湯姆會變得非常安靜。

這一切到底是怎麼發生的？他怎麼會就這樣把他多年來在家鄉建立的一切生活給拋棄了？他曾經有個井然有序的生活，讓他很有安全感；每天忙碌不已，也讓他晚上能夠好好睡覺；那時儘管沒有夢，但也不會為此徹夜未眠。一成不變的生活，雖然讓他付出被框限的代價，但不是所有的人都是這樣的嗎？看看現在他得要付出多高的代價啊？**真的太高了！**對此湯姆毫無疑問。只因為他稍稍地退讓、跳脫了紀律，就讓一個小小的夢將他毀滅了。原本在家鄉擁有的一切，全都失去了。

如果可以，他想要買回往日的生活，他願意為此付出一切代價。他看向床邊的小盒子，手指上的疼痛還在，他的這顆綠色水晶會不會真的很值錢？湯姆想，他應該開車到鄰近的城市，把水晶拿去給珠寶商看看，肯定可以在那裡把它賣掉。也許起碼會有足夠的錢，支付他返鄉的旅費。在這裡已經沒有未來了，回去也許還能找回往日的生活。這是最保險的辦法，和莊園地主的問題一定也可以獲得解決。湯姆這麼打算著，再度看向盒子，但又想到，那裡面也許只是塊舊玻璃碎片……手指上的疼痛提醒了他——又在做夢了！不是才剛剛深刻體驗到夢會帶來什麼嗎？夢，是危險的！

第四天早晨，湯姆終於從床上拖起身子，開始修理那台曳引機。過去幾天他看也不看一眼地從這台農車旁邊走過去，完全忽略它就立在莊園到舊倉庫的分岔小徑上。這幾天，湯姆沒完沒了地繞著莊園走，絞盡腦汁地想著能從哪裡弄到些錢，都快想破了頭，所有的注意力都在這個問題上，根本沒有注意到曳引機。然後，他看到了蝴蝶！這是自從他發現莊園之後，第二次看到蝴蝶。牠們將他的注意力轉移到四周：難道當初不正是這片風景把他帶到這裡的嗎？自從他在露台上度過第一個晚上之後，就再也沒有欣賞過這個地方的美麗。他迷失在自己黑暗思緒的迷宮中，完全忘記最初為什麼會來到這裡。直到這些蝴蝶提醒了他，湯姆才想起，他原本想在這裡修建和改變的一切；他之所以被這個地方吸引，正是因為它提供如此多的可能性，能讓他創建的可能性。能全神貫注在這樣的工作裡，是湯姆打從孩提時期就熱愛的；是他雖然已經快遺忘，卻仍然熱愛的工作。他來這裡就是為了重新發現這份熱愛，他對工藝的熱愛，是蝴蝶提醒了他這一點。當看著牠們盤旋在曳引機上時，他終於有一個想法：如果把曳引機修理好，然後轉讓賣掉，用這筆錢先付給莊園地主，說不定他會願意稍稍退讓。就算他不肯，湯姆也算在莊園停留的最後幾天，實現了一些最初來到這裡想做的事情。**起碼算是短暫品嘗一下我的夢想**，他繼續想著，又停頓了一會兒，觀察著那台老舊的機器。**這真的是太奇怪了，人會如此受控於思想的力量，讓陰鬱的想法像鉛一樣的重重壓在你身上。但如果這力量是好的，有**

第12章

解夢人停下了腳步。他發現儘管一直趕路，但為時已晚。不過現在，他的臉上露出了笑容。他突然感覺到一切都是正確的，全都是命運計畫的一部分；宇宙靈魂在火焰中並沒有告訴他所有的一切。**也許我那時應該繼續聽下去才對**，他想著。

可是他並沒有因為幾天前匆忙離開而生氣，反而很高興。他想起了一句至理名言，這句話總是在這種情況下幫助了他。**力在於靜**[3]。

---

3 In der Ruhr liegt die Kraft. 這句德文格言意思是：只有心境平穩沉著、專心致志，才能有所作為。意同於「寧靜致遠」，來源已不可考，一般認為是轉譯自孔子。

他當時在火焰中忽略了這一點，因為火焰傳達的消息讓他感到不安，於是就匆匆忙忙地離開。他以後一定會好好牢記這一點，**力在於靜**。這句格言不是早已被寫書傳承了嗎？

他決定要立即應用這個認知。在內心深處他很高興不需要再那麼匆忙趕路，可以回到自己正常的速度前進就好。環顧四周，太陽已經低垂在天邊，解夢人決定就在此紮營，但首先要去捉幾隻兔子來。

第13章

莊園主人坐在自己之前擁有的這座莊園的露台上，觀察正在工作的年輕人。從來沒有人可以把這台曳引機修好，這個年輕人當然也不可能做得到。**真是個愛做白日夢的人！要是第一次見到他能意識到這點，就不會信任他，更不會同意把這座莊園賣給他。**當然自己也不得不承認，多年來根本沒有人對莊園感興趣。到最後，連他自己也不再指望有人會因為想買房而聯繫他；他早就不再努力去推銷了。只有貼在房子窗戶上的聯絡方式，仍然見證了這一切。隨著時間的流逝，莊園地主甚至早已經忘記自己曾經把紙條貼在那裡。

所以幾個星期前，當一個年輕人突然聯繫他時，他萬分訝異，完全不敢相信是為了購買莊園而來，於是馬上就答應見面。這個年輕人繼承了些遺產，然後因為一些童年的記憶被吸引到安達魯西亞來，這故事在他聽來像是好運到了。難道不是嗎？為什麼他不可能在這麼多年以後，再度遇上好運？那個人自己也說對莊園的興趣，正是被它糟糕可悲的樣貌引起的。他覺得年輕人的計畫其實很魯莽衝動，所有整修工作竟然全都要自己一手包辦——不過如果有必要，他還是願意幫他一把。畢竟，在自己最風光的年代，他認識了這個地區的許多工匠。

現在他看著這個追夢的年輕人在工作，他告訴自己，早該看出來的。多年前當他買下莊園和這個山谷中所有相鄰的地皮時，自己不也是一個追夢人？成為一個大地主正是他的夢。但很久以前開始，他不再做夢了。

這個地主起初看起來似乎圓夢了。他從小就是在這個山谷長大的，父親是個單純的牧羊人，雖然沒什麼錢，但他們還是過得很開心，不過幼年的他總覺得缺少了很多東西。他見過農家地主的孩子和他們父親過著何等富裕的生活；那時他就知道，有一天他也要過那樣的生活。他不斷地努力工作，很年輕的時候就賺足買下第一塊地的錢。他是個能幹巧妙的管理高手，很快就賺到另一塊土地的錢。憑藉著勤奮和紀律，他的財產不斷增加，終於成為他小時候一直渴望成為的樣子。他進入了富裕的地主階級，但這對他來說還不夠，他夢想著有一天能擁有整座山谷，擁有這座他在此貧困長大的山谷；而他父親曾經放羊的那塊草地，也應該是屬於他的。他還要在山谷中間的那座丘陵地上建造一座莊園。他夢想著有一天要坐在莊園的露台上，眺望整個山谷。

起初計畫很成功，正如他一直知道如何管理經營土地一樣，他在收購土地時也展現出商業頭腦。他還從中意識到，從土地上來賺錢要更容易得多，而且更輕鬆，更不需要那麼有紀律。土地的價格不斷上漲，你真正需要做的就只是購買下一塊土地，然後再次出售來獲利；賺來的錢可以購買更多的土地，就這樣循環下去。在這期間，莊園地主已經可以開始建造他的莊園。一個認識的人告訴他，如果向銀行抵押土地，銀行就能提供資金，財富將會來得更快。而他當時也發現自己在一年內可以獲得的土地，幾乎和之前在十年內才能賺到的一樣多。可是就在莊園快要建造完成時，他的夢，一夕間崩潰了。

回想起那一天的莊園地主，現在正坐在露台上，看著那個在曳引機上工作的大男孩。那一天一場巨大的經濟危機席捲了這個國家，銀行要求立刻償還他們借貸的錢，他不得已只能以遠遠低於市價，幾乎賣光所有的財產，好償還債務。他瞬間失去一切，除了現在自己仍在耕種的最後一塊土地外，就剩下這座莊園。好幾年後，當經濟復甦時，他本來可以賣掉莊園，重建他的生意，但那場危機不僅讓他損失了財富，也將他的力量全剝奪而去。他年年老去，內心的火焰已被撲滅。他和自己、以及自己所犯下的那些錯誤不斷糾結著。他把失去財產看成是宇宙對他傲慢的懲罰。只有遺留下來的莊園，提醒他曾有過的偉大夢想。一如莊園多年來日漸損壞，莊園地主也隨之慢慢地崩潰。他無法放手這座莊園，就此和它一起變成了一片廢墟。儘管多年後他終於願意放手了，但為時已晚，沒有人想要這個已經腐朽的地方。他知道自己的夢想將要變成一個詛咒，和他一起走進墳墓。

然後，這個大男孩出現了。莊園地主相信宇宙已經赦免了他的罪，並送來這個年輕人。以他身為工匠的雄心壯志，他想像著，年輕人也許可以接手自己已經起了頭、還未完成的事情。對莊園地主來說，夢想不再可能成真，但是，他可以為這個年輕人的夢想奠定基礎。這個想法讓他內心充滿了某種平靜，而這甚至比他敢於期望自己的生活還要多。

但老天爺似乎在惡作劇般的戲弄著他。因為在他把莊園簽約賣給年輕男孩之後，發現這個人根本無力支付，彷彿命運之神想在晚年時再次提醒他，透過買賣土地他這輩子是無法獲得成功的。

一陣聲響打斷了莊園地主的思緒。他從扶手椅上跳起來，直到這之前，他一直坐在露台上沉浸在自己的回憶裡。有人開槍嗎？他尋找著那個年輕人，然後不敢相信自己眼睛所看到的，男孩高高坐在曳引機上，朝莊園駛過來。

第14章

「一起去吃飯吧！」當莊園地主出現在露台時，湯姆嚇了一大跳。他本來是約好明天才來訪的。更令人吃驚的，是這個吃飯的邀約。到村裡的一整段路上，兩人始終保持沉默，湯姆擔心著會被直接帶去坐牢，心想這邀約也許只是個藉口，這樣才可以避免面對他的反抗。

不過湯姆可以鬆口氣了，地主出乎意料地居然把他帶到隔壁村莊一條小巷裡，一家有點隱蔽的小餐館，外面只有一張小桌子，是莊園地主這位常客的固定座位。當他獨自一人需要做出重要決定時，總會來到這裡。

地主點了菜，用餐時他對湯姆說：「從來沒有人能夠修理好這台曳引機。在過去這十幾年間所有試過的人，全都失敗了。你到底是怎麼辦到的？」湯姆沉默了一會兒，猶豫著，因為地主很嚴厲地看著他，湯姆還是很害怕，若是不照實回答，他可能真的要被關進牢裡去。他的解釋其實很簡單，就只是一個孩子的想法，儘管擔心地主不會相信他的答案，他還是決定誠實以對，說出心底的話：「這是我的夢想。」

這答案讓莊園地主整個人變得安靜下來，臉上露出茫然的表情。有那麼一瞬間，連他的靈魂彷彿也沉寂了下來，他周圍的一切都不復存在，再也沒有感受，沒有痛苦，也不再有喜悅。這個答案在他身上掀起的這種虛無，蔓延到所有他認識的地方。山谷裡的牧場寂靜無聲，莊園所在的山丘上，風都停歇了，整個世界如同靜止住。如果可以，他會讓一切就結束在這一刻。

湯姆擔心地看著他，很快地補充說道：「我還可以修理許多其他東西。這一方面從小時候我就很拿手。如果你們願意，我可以幫你們將整個莊園都整理修復好。」湯姆避免再次提到他的夢想。他對莊園地主隱瞞了他在忘憂谷的經歷，以及與解夢人的相遇。**畢竟人們對於陌生人夢想的反應總是那麼不同。**湯姆想著，這也是他在這段期間學到的。在他的家鄉那裡，他因為自己的夢想被嘲笑，忘憂谷的老闆卻反而為此幫助他，因為他知道夢想有多重要，而且他也已經實現了自己的夢想。他告訴過湯姆，這世界上有兩種人，一種是會追尋自己夢想的人，另一種則否。不過莊園地主看起來不屬於這兩種人之一。湯姆感覺得到，自己似乎在這裡還可以學到其他重要的事情。也許到時他便會明白為什麼他的夢想，最後變成了一場惡夢？也許湯姆有什麼沒有注意到的——最有可能是他犯了新手的錯誤（有新手的好運，當然也就有新手的厄運）。如果自己能將錯誤糾正呢？會不會到最後還是能實現自己的夢呢？自從那場惡夢發生以來，湯姆第一次再度感到希望。

「事實上我可以修理所有的東西。」湯姆對莊園地主說。對方沒回答，只是牢牢地盯著他很久。「我不相信……」他終於用微弱的聲音說道，然後又沉默了。許久之後，他想了又想，才轉向湯姆說道：「我給你一個提議，如果你可以把整個莊園整修好，就像你把曳引機修理好一樣，我就支付你足夠的錢讓你回家，回去重建你往日的生活。你應該會很高興得到這第二個機會，它在一般人生命中是很難遇到的。」

桌子底下，湯姆的手尋找著口袋裡的小盒子，他伸手去握住它，認真地想著裡面的綠色水晶。**爸爸，你是對的。這石頭真的會保護我。我竟然懷疑過它？**這是好幾天以來，湯姆第一次發現，他的手不痛了，手指上的傷口已經復原了。

第15章

湯姆並不像自己想像的那麼喜歡這份工作。他也說不清楚為什麼，也許是因為他接受了莊園地主的提議，最後要把莊園歸還，而在這之前湯姆可以一直住在這裡，直到他把莊園整修好。他無法付出房價，當然只能同意莊園地主的提議。湯姆把當初的交易契約裱框，掛在玄關大門的門框上，這樣可以不斷提醒自己，他以錯誤方法實現夢想，從現在開始要為此付出代價，也要為了能夠重新開始而努力。

但這不可能是他在工作中缺乏樂趣的真正原因，因為工匠的工作對他來說一直很有趣，同時他也很感激，透過自己的手藝獲得第二次機會；現在甚至還可以在他曾經想買下的莊園生活一段時間，這已遠遠超出他所能期望的了。莊園地主對他也完全遵守約定，每次他完成一個階段，就支付他一些額外的報酬，當最後所有的工作都完成時，他將有足夠的錢回家，恢復以前的生活。

也許湯姆對這項工作的享受，在某種程度上被降低，是因為莊園地主對如何恢復莊園有自己的想法。每天晚上他都會過來，不僅檢查湯姆的進展，還指示下一步該做什麼。他雖然知道，沒有任何東西是無瑕的，但對於這屋子最終應該是什麼樣子，他似乎有一種近乎完美的想法。

一天晚上，湯姆躺在床上的時候，想起了一開始為何想去修理曳引機。他知道，從中所得到的喜悅，是他從小就一直能感受到的。他可以完全沉浸在這份工作中，讓自己得以平靜，而這份平靜，是當時他所急需要的，因為那時日日夜夜都充滿恐懼和憂慮。他想起那段日子他的思緒滿是絕望，是曳引機把他從中帶出來，而且帶得如此遙遠，以至於最後他什麼都沒再多想了。

如果試著完全沉浸在自己的工作，也許可以讓他把注意力從令人倍感壓力的莊園地主身上轉移開。在工作期間，他很少會考慮到晚上又會被要求做什麼。於是湯姆開始練習沉浸於眼前的工作，其他想法一出現，就讓它過去。他越來越專注於自己當下從事的工作。雖然在修理曳引機時感受到的那份喜悅沒再出現過，但現在做的事情給予他許多平靜。**我學會了不要想太多。**湯姆訝異地發現，這和他的夢境所要求他做的，恰恰相反。**是不是解夢人出錯了？自從他們在忘憂谷那裡見面以後，他再也沒有出現過。也許他真的不過是個騙子。**

就這樣幾個星期過去了。湯姆已經習慣新生活現在為他設定的節奏。莊園的工作不斷取得進展。湯姆甚至在看到莊園慢慢恢復榮景時，開始感到有些自豪。只有大門入口上方的契約不斷提醒他，這裡的生活不再是他的夢想。**也許這正是貝都因人在夢中提到考驗的一部分**，湯姆想著，雖然他對其中的意義還無法完全理解。就像他沒有立刻理解夢境中的第一個訊息，其實就是要自我思考。**顯而易見的事，有時更難以識別**。在繼續將所有專注力轉回手邊的工作之前，他這麼想著。

一天晚上，當湯姆完成大部分的工作時，莊園地主帶了一瓶葡萄酒來。他其實人不壞，不僅公平而且慷慨。湯姆問自己，為什麼只要是談到有關於這座莊園時，他就變成另一個人。

他們一起坐在露台上，遙望遠方，欣賞著黃昏的景色，一語不發地品嘗著紅酒。這樣的景色讓湯姆想起他剛到這裡時最初那段時間。那時，他的生活沒有目標，只是漫無目的地探索這個區域。現在，他再度可以感受到當時那份自由的感覺。

他們就這樣並排坐著，酒瓶已經漸漸空了，湯姆鼓起勇氣向對方詢問關於莊園的事。直到目前為止，他還不敢聊工作以外的事，他覺得莊園和它主人之間的關聯實在是很私人的事。那次在小餐館裡，莊園地主對於這棟房子的話題所做出的反應，在湯姆腦海中仍記憶猶新。

「為什麼這座莊園對你這麼重要？」這次在酒精的協助下，湯姆鼓起所有的勇氣，最終還是開口問了。莊園地主沒料到他會提出這個問題。不過地主這次的反應不太一樣，他的視線仍望著眼前的景色，接著臉上浮現出一抹淺淺的笑意。「因為這曾是我的夢想。」他朝向山谷說道。接著便對湯姆說出他的故事：從他出身於一個貧窮的牧羊人家庭，如何一路走來成為大地主，然後在還未能享有從這裡取得的成就之前，又是如何失去了所有的一切……從那些日子以來，他的心一直背負著重擔，如今終於解脫了。這些事他從來沒和任何人談論過。這次會說了這麼多，或許是因為這個年輕人是外地人，雖然不知道他突然從何處而來，但也因為這個人，老莊園再度回到地主的生命中。這個年輕男孩也提醒了他，一個他以沉默試圖掩蓋了幾十年卻都無法忘記的往事，即是他的夢想已經破碎的這個事實。顯然他是屬於追求夢想的那群人，但最終力量耗盡，再也無法實現夢想。這些人裡面，有的是在最後面臨了重大的考驗，試驗他們是否真的想實現自己的夢想，但他們最後還是失敗了——就像這位莊園地主，不想在機會再度出現時重新開始，反而緊抓著莊園不放；而當他無法放下過去時，只能任憑那過往如同研磨器，打磨消耗著他的生命，使他變得蒼老疲憊。

「但是現在你的夢還是成真了啊。」湯姆歡欣鼓舞地指著莊園說道。現在這裡有許多地方都已經重新綻放了，但地主卻一臉嚴肅，有點疲憊地轉向湯姆，「不是的，孩子，是你讓這夢想成真的，這完全不一樣。」湯姆想起解夢人在山上對他說過的話，人不應該去追求其他人的夢。他接著自問，是否真的知道自己的夢想是什麼。「夢會騙人，它會迷惑欺騙我們，一如我們可以一輩子欺騙自己一樣。」莊園地主接著說：「我的夢想告訴我，這些年來只有驕傲在牽著我走。我想擁有我父親放牧羊群的那片草地；我想超越所有那些我小時候羨慕過的有錢人——但最終，生命告訴我，那是條錯誤的路。」湯姆若有所思地看著這個老人，自己也走在錯誤的道路上嗎？難道不是面對父親去世時對童年僅存記憶的懷念，讓他放棄自己的生活，來到這裡的嗎？或者那可能只是在繞道而行？接著湯姆感覺到，自己其實才剛剛開始旅程。他還不像莊園地主那樣衰老且疲倦，他仍然具有力量和意志，能讓人生的夢想成真。

看了莊園地主好一會兒，湯姆終於又開口問道：「那你的夢想到底是什麼呢？」地主平靜地看著他的眼睛，帶著一副生命已然終結的樣子。「我從來沒有真正試著找出過答案。」在那之後，他們倆都沉默了很長一段時間。

紅酒早已飲盡，莊園地主站起身，湯姆感謝他這個晚上的造訪與陪伴，當他們互相道別時，湯姆突然想到莊園地主並沒有回答他的第一個問題，他又問道：「如果這座莊園不是你真正的夢想，為什麼它對你仍然那麼重要呢？」莊園地主專注地看著男孩，然後回答說：「這就像你在生活中追求過的任何虛假的夢想一樣。到最後，放手會比繼續與未達成的夢想一起活下去更難。這座莊園讓我活了下來，它維繫並保留了我最後剩餘的活力與能量，作為對我的回報，而我則給了它有一天再次綻放的希望。就像我需要它才能繼續活下去一樣，它同時也需要我。」當他起身離去時，又補了一句：「除此之外，我真的很高興看到它再度被改建重生；就像當你完全沉浸在工作裡時，所帶給你的快樂一樣。」

這個晚上，湯姆把掛在玄關門上裝裱好的合約取下來。他不要把自己的生活與錯誤的夢想連結在一起。他感覺得到自己很快就會離開，繼續他的旅程。

第16章

當聽到有人在敲門時，湯姆已經躺在床上，正準備入睡。莊園地主大概連大馬路都還沒有走到，便改變主意調頭回來。他這麼晚了還要把湯姆從床上挖起來，一定是在離開莊園後又想到什麼很重要的事。

湯姆想到幾個月前的那個早晨，當他從惡夢中醒來時，如同被榔頭敲擊般的敲門聲，讓他頭疼不已。不過這次敲門聲讓他開心的是，聽起來相當禮貌且溫和，好像他根本不需要從床上起來開門似的。湯姆穿過客廳走去大門時想著，人可以有這麼多不同的樣貌啊。不久前，他面對的是一個憤怒的莊園地主，差點踢飛掉他的大門，現在敲門的方式竟然完全變了個樣，聽起來很謹慎、很內斂，可能是因為他擔心吵醒湯姆吧。

不過當湯姆把大門一打開，才發現自己錯了。眼前敲門的不是莊園地主，湯姆不敢相信自己的眼睛，站在他面前的居然是解夢人。他帶著善意的微笑問候湯姆。「你不打算請我進去坐嗎？你應該已經等我很久了吧。」這位老智者一邊說著，一隻腳已經踏進玄關。「你在這裡找到的這間房子很漂亮。」他對湯姆說，然後自顧自地走進客廳，舒舒服服地在一個簡單樸素的單人沙發上坐下。「我想來杯茶。」一坐下老人便說道。湯姆無言以對，一會兒後才像剛醒來似的反應過來，決定先去給老人泡壺茶，再回到他身旁坐下。當他從廚房端著托盤回來的時候，壁爐的火已經生好了。湯姆很驚訝，他很確定他還沒有把壁爐修理好啊。

湯姆把茶遞給老人，在他身旁默默坐下。他們在那裡坐了一會兒之後，解夢人說：「你已經通過了第一個考驗。只是你自己似乎還沒有意識到這一點。」湯姆大吃一驚。這一次，他還沒有告訴解夢人關於他的第二場夢。「我不認為我的自我思考，能讓我通過試驗。」湯姆誠實說出他並不這麼覺得。在這之間，他又開始懷疑這個老騙子的能力了。這個老人盡其所能地追蹤湯姆，肯定就是為了他的報酬。想必在忘憂谷的人早就已經意識到，這個人不過是個低俗的道士，所以把他趕走了。現在他很有可能在尋找一些舊的聯繫，想要取得些錢。有那麼一刻，湯姆突然想到，會不會這個解夢人是某個幫派的人？他一個人來湯姆還能對付，但萬一他帶了很多人在外面等著呢？**他一定只是想先看看我這裡有沒有錢，然後把我洗劫一空。或者他仍然只是想要我的水晶？**想到這個的同時，湯姆緊張了一下，才意識到他剛剛起床的時候忘了順手拿走床邊的盒子。也許這老人只是在這裡分散他的注意，同時間有人從房子後面進來，偷走水晶。

開口之前，解夢人一直跟隨著湯姆的思緒，他微微一笑。「以你現在這樣的想法，確實不會通過測驗，只會帶領你到惡夢去。」湯姆心裡想著，得想個辦法找藉口進去臥室拿他的盒子。隨即湯姆又突然想到，老人到底是從哪裡得知他的惡夢——這時候，解夢人笑著看他。在湯姆的思緒又要走錯方向時，解夢人繼續說下去，「你的想法經常讓你感到恐懼，它們老是把你帶進一場又一場的惡夢。你應該意識到它們在你的生活中，總是如何困擾著你，給你帶來麻煩。一如它們又讓你此時此刻擔心起你心愛的石頭會被偷走一樣。」湯姆瞪大眼睛看著老人，他剛剛真的讀出了自己的思緒嗎？湯姆感到慚愧，「沒關係，」老智者說，「我已經習慣感知到負面的想法。隨著時間的流逝，你便能學會如何面對那些別人對你不實的指責。這就是我得為這份天賦付出的代價。」湯姆不知道對此該說什麼，他仍然感到有些羞愧，而且想到這一點時，才不得不承認，自己的確經常指責老人帶有惡意。

「我當然是為了我的獎賞來的，」老人調侃他，「但在那之前，你還有接下來的兩場考驗要通過，為此我需要解釋你的上一場夢境，之後你才可以繼續接下來的旅程。我正是為此而來的。」湯姆意識到老人是對的。雖然湯姆成功地讓自己越來越沉浸在莊園的工作中，將思考這件事擱置一旁。但有一件事讓他最近越來越頻繁地思考：那場惡夢到底是怎麼回事？為什麼一開始以為在追尋自己的夢想，到頭來卻發現走錯了路？「這是因為你繞了路啊，」解夢人突然說：「就像我經常不得不在生活中繞路而行，才能到達我想去的地方。」他溫和地補充道。湯姆看著他說：「這也就是為什麼你花了這麼長的時間才找到我的原因嗎？」湯姆的聲音裡有一些責備。有那麼一會兒，他回想起惡夢過後的那天早上，當他起床時，多期待解夢人會出現在家門口。如果當時他能來到他身邊並解釋那惡夢，肯定會為他省去很多痛苦。

「你需要時間，所以我不能早點來。」老人明智地說。湯姆懷疑地看著他。**老人真懂得如何辯解啊**，他才剛這麼想，就立即提醒自己最好不要再多想什麼。此時老人臉上浮現的笑容，是湯姆所熟悉的，他也知道老人從那惡夢他再次讀到了自己的想法。

「所以我們的交易還算數嗎？」老人試著問道。「是的，交易還是算數的。」湯姆承認他們同意過，他必須在旅程結束後，給解夢人任何他要求的東西。**我現在不可以想著我的石頭**。湯姆輕聲對自己說。其實他很擔心解夢人會再度讀出他的心思，但沒想到這次他料錯了——此時解夢人居然要求湯姆做好準備，定睛看進壁爐裡的火焰。

「你看到什麼？」解夢人想知道。湯姆思考了片刻，然後道出他首先想到的第一件事：「都燒起來了。」老人莞爾一笑，「你看看你，年輕人，你的這個答案是你的思想給你的，現在再一次看進火焰，注意觀看這個壁爐，好似你就是把它修復好的人。然後再告訴我一次，你看到了什麼。」短暫的困惑了會兒，接著湯姆試著尋找這樣的記憶，突然一幅圖像向他顯現出來，他看到自己坐在壁爐前試著修理它。在他的腦海中他終於點燃壁爐，朝壁爐裡看去，看到火焰時，他感覺到在恍惚中，他回答了解夢人：「我感覺到當下，我看到永恆偉大的虛無。我感覺到平靜的喜悅，和這片刻當下帶給我的平和。」解夢人滿意地點頭。「從一開始你在莊園裡做的所有事情，都能讓你感受到這種平靜。」老人對湯姆說。

然後湯姆意識到，這個令他感到滿足的當下，其實來自於他的童年，這正是他所要尋找並且在這裡找到的。他同時瞭解到，在西班牙這座莊園裡的生活並非他的人生目標，而只是在尋找人生意義的道路上，他必須再次學習捕捉住這樣的當下，如同他孩提時期能沉浸其中不知道時間流逝一樣。如果他想在追尋中取得進步，就必須也要能夠在成年後，沉浸在當下。也許當他可以沉浸在不知道時間流逝的片刻之中，就能將他帶離時而陷入黑暗的生活，一如那片能把他從森林裡帶出來的麵包屑。[4]

老人很滿意眼前所見到的。「就像我剛說過的，你已經通過了第一道考驗。」他將剩餘的茶水倒進壁爐裡，把火撲熄了。「去睡吧。你的下一場夢將會證明我剛剛所說的話。你的第二場考驗已經在等著你了。」

解夢人在熄滅的火堆前又坐了一會兒，傾聽著壁爐裡的聲息。湯姆躺在床上，感到疲倦慢慢席捲而來，他不得不再次想起他的惡夢。就在思緒差點墜入無底深淵的那一刻，他睡著了。

4 格林童話《糖果屋》中，一對被遺棄的兄妹在沿路丟麵包屑，以期之後能走出黑森林。

第17章

「馬上就要來了，」阿拉金想著，「馬上我們就會摔下去。」他再次朝向他和驢子將要墜落的深淵看——只離不到幾公尺的距離。

馬上就要來了。這念頭，讓他腦海裡閃過一個記憶。他仔細想著，忽然覺得那正是他前不久才學到的東西。慢慢地，那記憶就像一陣輕風，飄回到阿拉金的腦海裡。**一切都是關於當下**。只有這才是最重要的。阿拉金的思緒飛速轉動著，但是他的心卻漸漸平靜下來。他恍然大悟，只有當下這一刻才重要，其他的一切都是毫無意義的。有人指導過他，他繼續想著……當他意識越來越清楚，也就越來越平靜，他發現不論是從路徑上錯誤的轉折，讓他不斷回頭看，還是小路盡頭的懸崖，讓他預測即將跌入深淵，全都不過只是一種想法，是一種試圖使過去顯現或預見未來的想法。然後阿拉金想起了一個古老的真理。平靜頓時回到他身上，內心深處泛起了某種感覺：他坐在一隻讓他感受到愛的動物身上。他不知道這種感覺從何而來，但他知道唯一重要的，只有當下。此時此地的這一刻當下，從他一坐上他的驢子，驢子一直安全地帶他度過所有逆境，直到現在。他摸了摸墊子，感受驢子的感受，一股暖意在心中升起，完全不再想著峽谷和深淵，所有的恐懼和擔憂都消失了。就在這完美的當下，阿拉金似乎看到自己平靜且快樂地坐在驢子上。更令他驚訝的是，他看到的是一個小男孩的身影，他仔細再看，意識到這正是在鏡子裡他看到騎驢少年的影像。漸漸地，這個形象消失不見，阿拉金發現自己此刻已身處沙漠之中。

「你已經學到第一課了。」印拉凱對他微笑。阿拉金疑惑地坐在帶著鏡子的桌子旁，訝異地看著貝都因人。彷彿他已經提出質疑這一切意味著什麼似的，印拉凱看著他說：「我會向你解釋這一切。」

第18章

解夢人仍坐在壁爐前，傾聽著稍早之前已經熄滅的火焰劈啪作響聲。它們是從壁爐裡傳來的聲音，就像過去的回聲一樣。幾乎沒有人能夠注意到它們。但解夢人懂得火焰的語言，即使它們沉默著。

他又聽了一遍他剛剛和那個年輕人的談話。但是在寂靜的灰燼中，現在只有貝都因人對他的門徒說的話。他正在向他解說，正是那一個當下，可以在他的思想之前找到平靜。沉浸在身處的當下，即可以為你提供保護。**它就像是一項武器，一件保護斗篷，或是一句咒語，可以抵禦邪惡。**

解夢人滿意地看著壁爐內的灰燼，覺得自己彷彿能在其中看到那片沙漠，正是湯姆向他描述發生一切的地方。湯姆已經上了他的第一課。沉浸當下能將他從錯誤的思想中解放。除了此時此地的當下之外，其他的一切都只是幻覺，這一份認知使他免於掉入深淵峽谷，甚至免於死亡。

解夢人可以聽見隔壁臥室湯姆在床上輾轉反側。對他來說，第二次試驗肯定不會像第一次那麼容易。

第19章

「相信當下。這是唯一真實的。如果感覺正確，你就是走在正確的道路上，就不會發生錯誤。你的思想只是幻覺，它們創造一些早已消失的，或者向你展示一個不存在的未來。如果你想在尋找生命的意義方面取得進展，就必須活在當下。」貝都因人印拉凱結束了他的釋義。現在阿拉金明白了自己是如何逃離可能死亡和毀滅的峽谷，以及是什麼讓他從心靈之鏡中的危險經歷，回到沙漠和印拉凱這裡。

阿拉金已經有了大概的認知。但他也感覺得到，這還不是把他帶到自己問題的最終答案。「即使我意識到了當下，我又該如何找到生命的意義呢？」他滿是疑問地問貝都因人。「這個，」印拉凱以一種平靜溫柔的聲音答道：「就是你第二個考驗的一部分。」

阿拉金仍然有很多問題。不過當他再次抬起頭時，才意識到印拉凱已經消失了。他剛剛還坐在那張帶著鏡子的桌前，現在這裡只剩下唯一能提供一點遮蔭的棕櫚樹。「印拉凱！」阿拉金拚命地對著廣闊無垠的沙漠大聲叫喊：「你在哪裡？我該做什麼？我的第二個考驗又是什麼？」但是得不到回答。

絕望且孤單的阿拉金在棕櫚樹的樹蔭下坐下，凝視著沙漠。剛才，他才正以為自己學到了人生重要的一課：一個人應該活在當下，不要太關注未來或過去。這是他想要尋找自己人生意義的第一步。但是他現在已經不確定了，他應該只是坐在這裡，停留在這個當下嗎？難道這就是第二個考驗？阿拉金覺得不該是這樣。印拉凱不是也教導他，一個人應該傾聽自己內心的聲音，聽它說了什麼嗎？

「那然後呢？」他想著，「我應該去找出口嗎？這就是把一個人獨自留在沙漠中要給他的任務嗎？」阿拉金完全無計可施。他試著專心，傾聽自己的內心，看看是否能聽到內在的聲音，但是他什麼也聽不到。好一陣子他就這樣坐在棕櫚樹下思索琢磨著，直到感覺肚子咕嚕作響、口乾不已，才想到完全沒有食物和飲料在身邊。**我應該撐不過一個晚上**。他想著，接著停了會兒——不，他不會再讓思想控制生活。不過，這卻讓他花上好大的力氣、用盡了腦力，才終於做到。他接受了飢餓，接受了乾渴。每當一個要開始擔憂未來的想法再度冒起時，他就會停下來，試圖留在此時此地，讓自己沉浸在當下。阿拉金就這樣坐在沙漠的棕櫚樹下，甚至沒有注意到自己是如何被疲憊征服，平靜地在棕櫚樹的樹蔭下睡著了。

「我們差不多該上路了。」這是他第一次再度聽到什麼，聽起來像是在夢裡的聲音，當他第二次又聽到時，才驚訝地張開眼，環顧四周張望，朝著聲音可能來自的方向尋去，但是遠近四處空無一人。「我們差不多該上路了。」他聽到了，阿拉金抬頭看，這裡的確出現了什麼，但是，這聲音真的是來自現在正面對他的動物嗎？

他的驢子站在面前，忠心地看著他，「你從哪裡冒出來的？」阿拉金問道，因為沙地上完全看不到任何足跡。但是當看到驢子帶著糧食和水時，他已經忘記了這個問題。飢餓和乾渴在這一刻很快又回到他的意識，他衝向食物，趕忙喝起水來。

「我們必須出發了。」突然他又聽到這聲音說著。因為太驚訝以至於差點翻倒水。他四處張望，但是沒有人站在身旁，四周也沒有看到任何人影。他慢慢地轉頭望向他的驢子，看著這隻動物。「現在可以走嗎了？」再度聽到聲音，他深深地望進驢子的眼裡，這一望阿拉金並沒發現什麼特別的，他還是只能問著自己，會不會真的是驢子在對他說話？「我們必須出發去哪裡呢？」阿拉金回問道。

沒有回答。也許是自己弄錯了。**事實上，問題該是我必須出發去哪兒？阿拉金想著。現在我有了一頭驢子和一些食物，也許我應該朝沙漠裡騎去。也許我會在那裡找到什麼是我現在應該尋找的東西，即使我還不知道那是什麼。但是躺在這棵棕櫚樹下，絕對不會是這個試驗的意義。**接著阿拉金便一躍而起，跳到驢子身上。

「終於要出發了。」聽到聲音，他楞了一下。但這一次，他不再環顧四周。阿拉金端看他的驢子一會兒，他問自己，到底這聲音是來自誰的腦袋？是驢子的，或其實是他自己的？「我們要往哪兒去？」那聲音打斷他的思緒。阿拉金確定這聲音是驢子的，是驢子在跟他說話，即使牠表現得絲毫看不出來。**反正這會比我自言自語更好**，阿拉金想著。**真的是我的驢子在跟我說話**。

阿拉金想了一下他應該往哪個方向走，「你決定我們該朝哪兒去。」他朝著驢子這樣想著，然後擺動了韁繩，指示驢子起身出發。

就這樣他們騎乘在無垠的沙漠中。阿拉金不知道他到底要尋找什麼，又該朝哪個方向走。他讓驢子做決定，任由牠往前行進，他們就如同永遠不會休止地穿越沙漠，在溫暖且令人愉悅的陽光下移動著。「天快暗了。」突然他聽到那聲音說道。阿拉金完全沒有注意到，太陽已經不再高掛在天上，而是慢慢地往下西沉。「太陽下山以前，我們得先紮好營。」那聲音說，阿拉金同意地對驢子說：「你說得對。」「我們到達我們的目標了嗎？」那聲音回問道。阿拉金不知道，他完全不知道他在這裡找什麼，也不清楚這裡有什麼可以找的。那個貝都因人就這樣消失了，只留下這驢子和一個奇特的聲音。「我們到底在找什麼？」阿拉金在腦海裡默默地問著驢子。因為他不知道其他更好的辦法。「也許你可以告訴我，我們在尋找什麼？」他安靜地請求他的動物幫忙。過了好一會兒，仍是寂靜。驢子在思考嗎？正當阿拉金想著，這隻動物是否真的會思考時，他又聽到了那個聲音：「如果你都不知道，我又怎麼會知道？」

顯然走這條路還是沒有找到真正的答案。雖然感到沮喪，他還是讓他的動物停下腳步。**好吧，讓我們先在這搭營**，阿拉金想著，開始準備一切。現在太陽已經低低落在地平線上，他能感覺到寒意慢慢進入剛才還很溫暖舒適的沙漠。在他與驢子分享了剩餘的一點食物之後，太陽就在地平線上消失了。他生了火。**我們要尋找什麼？**他想了又想。在阿拉金想著這個問題一百次之後，巨大的疲憊戰勝了他，隨著夜幕降臨，他終於睡著了。

第二天早上一醒來，他首先看到天空中燦爛的太陽，已經接近快到中午的位置了，但是他躺著的地方仍然很涼爽。當他開始懷疑這一點時，才意識到，他已經不是躺在昨天晚上生火的地方。他嚇了一大跳，挺直了身子，發現他的驢子也已經不在那裡了。他的視線落到地上的陰影時，試著控制住心裡漸漸竄升起的慌張，如同之前學到的那樣；他想，這應該就是為什麼他剛才躺著的地方仍然如此涼爽的原因。阿拉金好奇地轉身尋找這道長長陰影的來源，接著非常驚訝地看到面前的棕櫚樹——他昨天才從那裡出發的。

不過還沒等他仔細思考出這到底是不是同一棵棕櫚樹時，他又聽到那個聲音對他說話了：「我們得出發上路了。」他再次轉過身，他的驢子又出現在他面前。但牠某個地方與昨天晚上不一樣了。他的視線落到糧食袋上和水袋上，它們和一天前一樣飽滿。「我們走吧。」他聽到那個聲音說。

所以重新再試一次？嗯，好吧，反正在這裡已經夠多奇怪的事情發生在我身上，他想。也許是因為昨天走錯了路。他躍到驢子身上，拉緊韁繩，把驢子轉向與前一天相反的方向。「這次我自己做決定。」他對他的動物說道，令人驚訝的是那個聲音回答他說：「如果你知道你要去哪裡的話……」

就這樣，他們騎了第二趟、第三趟，阿拉金總是在隔天早上，再次發現自己回到棕櫚樹下。無論他朝哪個方向騎乘，無論他晚上在哪裡紮營，無論是誰做決定要朝哪裡出發，每一條路、每一次，都會把他帶回到他第一天早上出發的棕櫚樹下。阿拉金有一種發現永恆的感覺。對他來說，好似不僅僅是幾天和幾個月，而是幾年、幾十年過去了，他就這樣度過了。有些時候，他覺得自己已經變成一個老人，連他的驢子也老了，在炎熱的沙漠中舉步艱難拖行著；有些時候，他又覺得自己年輕而且清新有活力，就像個剛成年的年輕人，和一隻年輕健壯的動物一起旅行。有一段時間，這樣的狀況對他來說似乎又感到很奇怪，很不自然，直到他想起貝都因人曾經說過：時間和空間在這個世界上並不存在。

阿拉金已經快記不起來貝都因人的名字，上次相遇彷彿是很久很久以前的事了。其實距今不過才幾天，他只記得貝都因人在還沒說其他話之前就消失了。但到底說了什麼？貝都因人還對他說了些什麼？當一個聲音重複貝都因人說的最後一句話時，阿拉金已經完全無法分辨那是自己的聲音、還是別人的聲音，抑或是他的驢子的聲音：「這是第二個試驗的一部分。」

什麼？在這一刻阿拉金想著，**什麼是第二個試驗的一部分？貝都因人說**

他應該在這裡學習什麼？又過了如同大半個永恆的時間，他才突然想起來。第二天早上，當他在棕櫚樹的樹蔭下醒過來時，看著他的驢子，他知道自己要做什麼了。

第20章

陽光把湯姆從睡眠中喚醒，絲絲光線慢慢地穿透過窗間縫隙，照進黑暗的臥室。已經不早了，湯姆睡得比平常要久。他意識到的第一件事，是他又做了場夢。正如解夢人預言的那樣。這一次對湯姆來說，似乎是一個沒有盡頭的夢，他問自己是不是已經躺在床上大半輩子了？距離上次解夢人再度出現，在壁爐旁和他一起喝茶的那一天，好像又過了好幾年。

湯姆有些茫然地走進客廳，解夢人已經不坐在那裡了，不過當他看到壁爐裡留著前一晚的灰燼時，才肯定是他的夢給了他這種幾乎過了一輩子的感覺。慢慢地，他想起自己無止境地一次次穿越過沙漠，他在尋找著什麼他找不到的東西，然後每天早上必須從同一個地方再度出發。就在他想通自己要做什麼的那一刻，卻醒了過來。儘管湯姆不斷努力回想，仍記不起來自己想到要如何通過試驗。

他給自己煮了杯咖啡，好打起精神，因為他仍然覺得好像睡了半個世紀之久。外面的一切看起來都和往常一樣，只有門上那張契約不見了，讓他想起前一天晚上和莊園主人的對話。湯姆不會像他那樣追逐虛假的夢想。他已經記下這一點。**但我真正的夢想是什麼呢？**他想起貝都因人印拉凱的話。**相信當下。它是唯一真實的。如果感覺正確，你就走在正確的道路上。**在夢中，那份認知理解，感覺是如此地完美正確。但是湯姆現在幾乎不知道該如何開始。

看了看時鐘，發現已經快到中午。如果他現在不盡快開始工作，今天晚上將無法向莊園地主展示任何成果進展，所以他決定停止思索自己的夢，立刻投身到工作去。他已經計畫好今天的工作，要讓舊噴泉再次運作起來，這是個很不錯的工作項目。反正到了某一刻，解夢人或許又會自動出現，幫他解釋夢境。不過就算他不出現，湯姆在此刻竟也突然感受到一份內在的寧靜，讓這種感覺主動降臨到他身上。**自從我去過忘憂谷以後，就再也沒擁有過這種感覺，**

湯姆心滿意足地想著，又想起他那個仍然躺在床邊盒子裡的綠色水晶。這是第一次他沒有一直將它隨身攜帶著。在莊園裡，他不必擔心會失去它——這時候，他注意到自己發生了一些變化。雖然他一直被失落或擔憂的想法所困擾，但現在感到某種程度的泰然自若。解夢人讓他意識到，他的想法常常讓他感到恐懼。一如對失去他的綠色水晶的恐懼，往往是沒有根據的，並且產生很多不信任。但現在他對這樣的想法，完全能冷靜地沉著以對。**你已經通過第一個試驗。**湯姆想起解夢人的話。

帶著這份認知，他回到工作中，完全沉浸在自己的工作裡。他很好奇，第二個試驗會把他帶向何方。他滿懷喜悅地確信，自己到現在為止一直過得還不錯，並期待著即將會發生的事。

如果他知道前方正等待他的是什麼，他肯定會放棄尋找。

第21章

從湯姆修理好那輛曳引機到現在，已經過了十一個月又十九天。在這段期間，莊園已經完全從新生命中甦醒過來。

湯姆重新翻修好舊馬廄，能再度為馬匹提供歇息的地方。莊園地主的一名農場工人經常駕駛曳引機越過田野，耕種土地。圍繞莊園周圍的主要路徑也都重新鋪整好。莊園所在的山丘上圍起了茂盛的樹籬，草地上開滿鮮花和杏樹。那條往上通往主屋的小徑，湯姆很專業地將它修復整理好：一小段花崗岩石板台階，沿著風景如畫的小徑通向美麗的露台，沿途還會經過小廣場上飛濺的噴泉。在那後面，湯姆清理乾淨游泳池中的石礫，現在在清澈的池水中，可以游向天際。這裡真是個完美的地方。

那天晚上莊園地主來訪的時候，湯姆正坐在露台上數錢。他現在已經賺到足夠的錢可以回老家，回到他以前的生活。當莊園主人看到湯姆時，心隱隱作痛。這些日子來他已經習慣了這個年輕人，每天晚上的探訪，早已變成一種固定的習慣。雖然一開始他主要只是想檢查工作並追蹤進度，但他不得不承認，和這個男孩之間的對談，給了他比以前所期望從莊園得到的更多。他幾乎已經沒有辦法想像這山丘上沒有這個大男孩，會是什麼樣子。

「你的夢想是什麼？」稍晚當他們又帶著一瓶紅酒在露台坐下時，莊園主人問他。

湯姆若有所思地看了一會兒莊園地主。「我還在試著弄清楚，」他接著說：「我本來以為這個莊園是我一生的夢想。重建莊園，就像我想重建我的生活一樣，感覺這樣才是對的。但後來我意識到，那只是對過去的追憶欺騙了我。那種想要能夠再次感受到童年輕鬆愜意的想法，錯把我帶到這路上。我小時候經常和父親一起來到這個國家，原以為在這裡可以重溫對父親的追憶，但時間不能倒流，一切已經是無可挽回地結束了。如果你把思緒過於專注在過去，它們就會牽著你的鼻子走；同樣的，對未來也是。這就是我在這裡學到的。」湯姆停頓了一下，然後繼續說：

「我學會讓自己沉浸在當天手邊的工作中。在過去幾個月數不清的時刻裡，我完全融入了這個地方，這讓我和我在這裡所做的一切都聯繫起來。所以我就是那輛曳引機和這個噴泉；我感覺到舊倉庫恢復了生機，也感受到台階的喜悅，因為人們可以再度踏著它上來到這個廣場。我的靈魂無數次地被這個地方觸動，現在我感到一種與之更深厚的聯繫。莊園已經成為我的一部分，而我也是它的一部分。」

莊園地主傾聽著男孩的字字句句，眼淚順著臉頰流了下來。這個男孩和這個地方那麼地親密，是自己從未能做到的。這讓他感到既驕傲又難過。這莊園現在有了靈魂，但不是他的。他記著男孩的話，感受到內心一陣喜悅升起。生命被帶回這地方，他與莊園也有著聯繫，儘管是以不同的方式。就像這男孩重新賦予這裡活力，莊園地主也感覺到內心深處那些微的、他以為已經失去許久的生命力量。

「但莊園不是我的夢想，」男孩繼續說道：「我在這裡學習到那份沉浸當下的經驗；這個地方只是我必須通過的第一個試驗，這讓我知道，思想和錯誤的夢可能導入無底深淵，而一個人追尋一生的夢想時，也應該包括擁有體驗當下美好的能力。」湯姆看著莊園地主。「這是這個地方送給我的禮物，為此，我很感謝你。」

莊園地主滿意地看著他。他意識到，他所取得的成就遠不止於重建舊莊園，這讓他充滿了平靜。「你現在要如何找到你的人生夢想呢？」他看了一會兒地平線上傾斜的夕陽後，問這個年輕人。

「我不知道。」年輕人說。「在夢中我已經知道了。在那裡我四處遊蕩為了尋找這個目標，我無止境地尋找它，卻不知道它是什麼。一個聲音讓我一次又一次地出發，躁動不安在我心中蔓延擴大，就像我每天問自己我存在的意義是什麼一樣，我穿越沙漠在尋找一個答案。」「你的尋找，把你帶向了哪裡？」莊園地主問道。他意識到，自己從來沒有真正地試圖去感受生活中的真諦，覺得仍然可以從這個男孩身上學到一些東西。

「我的尋找讓我一次又一次回到原地，每天我都在同一個地方重新開始。無論我做什麼，我從未到達所謂的目的地。沙漠一次又一次地讓我重新開始旅程，但我的內在已經有了一份認知，至少在我的夢裡已經擁有。我認為我的第二個任務是要讓自己將這份認知覺醒，以便更接近我人生的夢想。」說到這裡，湯姆想起他的綠色水晶。**它已經知道你的路會把你引向何方。它將繼續帶領你走下去**。這是解夢人說過的話，湯姆意識到他所說過的一切都是正確的。

「你現在想去哪裡？」莊園地主問他。他看著湯姆白天數著的錢，現在還擺在他面前。「你已經賺到足夠的錢回去你的家鄉。」湯姆看著錢，想了一會兒。他摸了摸褲袋裡的小盒子，最後說：「不久前，我還相信我可以回到原來的生活。我想忘記我剛到這裡，就失去莊園和所有財產時的一切不幸。」湯姆感激地看著地主。「但現在我不想就此錯過，經由這一切經歷所得到的收穫。就像我無法恢復童年的記憶一樣，我也無法回到那不復存在的舊生活。我不再有家了。但從一另方面來說，現在所有的路都對我敞開了大門。我不知道我的目的地，但我會去找到命運安排我該去的地方。」

莊園地主久久地看著湯姆。從男孩言詞間展現的這份深沉的泰然自若，令人欣慰。讓他再次希望這個男孩能在身邊待得更久一些。「讓我們明天小小的慶祝一下莊園的重生。」他突然這麼建議。「你先休息一天。來這裡快要一年了，幾乎完全沒有離開過。去附近的村莊走走吧，認識一下這一帶，等你晚上回來時，我會準備好飯菜。然後我們來看看你接下來的路會把你帶到哪裡。」湯姆感激地接受了這個提議，接著忍不住自問，不知道莊園主人的盛情邀請，是不是別有用意。

第22章

女孩叫做胡安妮塔。她站在通往莊園的階梯頂端最上方；傍晚的陽光映照在她美麗的臉龐，她的唇邊掛著笑容。湯姆在爬上莊園的階梯上時腿軟了一下，他從來沒見過這樣的女孩，她看起來像個天使。當她的微笑變成燦爛的笑聲時，一種前所未有的感覺襲向湯姆，他感覺到了愛情。他走上往莊園的最後一個台階，站在女孩面前時，覺得自己好像不一樣了，變成了另外一個人似的。他自孩提時期就不再熟悉的一股魔力，覆蓋住他的人生，一切是那麼地輕鬆自在，他不再需要全神貫注於他的工作才知道這一刻是完美的。從現在開始，他生命中的每一片刻，都將承載著這種完美。湯姆已經到達了。

他想起孩提時期的那種神奇魔力；想到他的父親，和當時生活中的輕鬆愜意。他現在也感受到那份輕飄飄的心情，而且比那時候還更輕盈。湯姆心裡不禁激盪起來，光是看著這個女孩，就能感到一種深厚的聯繫，這是他一生中從未感受過的，就連對他的父親也沒有過。湯姆感覺到宇宙靈魂，來自他那依然還在床邊開著的盒子裡、屬於艾默拉德石板的綠色水晶，它揭示了宇宙靈魂所擁有的祕密。湯姆只須看著這個女孩，就能感覺到一切都是相互聯繫的。只要站在她的面前就足夠了，生命已向他展示了完美。**凡事皆有因，萬物皆有果**。湯姆想著，充滿愛意地想著：他的石頭把他帶到這裡。他父親的死不是沒有意義的，那向他指引出一條路，通往這令人陶醉的創造物，以及他存在的真諦。

「你一定就是湯姆了。」女孩向他打招呼。在此前，湯姆一直以為在看到她時自己已經懂得什麼是愛情，但現在聽到她的聲音，才理解到所謂的完美。湯姆在夢中已經聽過這個聲音了嗎？他不確定。是他在沙漠中即將醒來的那一刻所夢見的靈感嗎？他幾乎可以確定。不過他更可以確定的是，從現在起，沒有這個女孩的生活，對他來說將是無法想像的。

「我叫胡安妮塔。」女孩說。她話語裡的每一個字，都讓湯姆著迷。他一定是站在那裡露出恍忽的神情，因為女孩現在羞怯地笑了笑，告訴他，莊園地主已經在裡面做飯了，他邀她過來，因為有個年輕人讓這座古老廢墟重現生機，他想介紹他們兩個認識。「你一定會魔術吧？」她像個小女孩為了重獲久違的失物，充滿感激地對他說道。她的目光現在停落在湯姆身上，但是他仍然什麼話也說不出來。**夢，這就是做夢的感覺吧**，他心想。

這時，莊園地主出現了，打斷這兩個人站在一起的和諧寂靜。「你們已經認識了啊，那好，」他簡短地說：「我希望你不會因為我在我們聚會的最後一晚，帶了個伴來而生氣。」湯姆無法想像他怎麼可能會因此對莊園地主生氣，但地主的話也同時提醒他即將離開的事實。湯姆想到這件事，感到一陣刺痛。他羨慕莊園地主，羨慕他有這個女孩照顧他。

事實上，胡安妮塔的確在莊園地主生病的時候照顧他。「如果沒有胡安妮塔的話，我相信我不會活到現在。」他在晚餐時敘述了他們的故事，笑著說道。湯姆想知道是什麼樣的愛，把莊園地主和這個女孩聯繫在一起。而這種愛，似乎與他所感受到的完全不同。但也許這是因為他們年紀差異的關係。

他們在吃飯期間談了很多。自從幾個月前湯姆來到這裡以後，他還從未說過這麼多話。莊園地主觀察這女孩如何看著湯姆。他在她的目光中，看到了一些他從未見過的東西。他感覺得到這正是愛情，是一種完全不同於她一直以來對他的愛。到了互相告別的時候，莊園地主把湯姆拉到一邊。「你現在想去哪裡？」他探問道。「我不知道，」湯姆試圖掩蓋離開的想法在他心中造成輕微的絕望，他說：「我想我會先返回家鄉，然後再好好想一想。」地主看了他許久說道：「我認為如果你先留在這裡考慮的話，會比較好。」他說完這些話，轉向已經在階梯下等待的女孩。「親愛的，湯姆明天還想給妳看他當時修好的曳引機。」他在她的臉頰親吻了一下。「我沒辦法過來，但是我相信他會好好照顧妳的。」他微笑著轉身看向湯姆。「好好照顧我的女兒。她是一顆寶石。寶石在生活中是很少會被發現的。」聽到這些話，湯姆看著莊園地主。他現在知道，自己將在這個莊園度過餘生。

第23章

從第一次遇見胡安妮塔，已經過了五個月又十天。這天湯姆去村莊採購食物和必需品。日子似乎在生活快速移動中流逝了。當他漫步在巷弄間時，回想起向女孩告白的那一刻：當時她很想看父親從一開始就不斷提到的那台曳引機。儘管有點擔心，因為這台機器巨大且笨重，湯姆仍鼓勵她爬上來，坐到他身旁。「只要我在妳身邊，什麼事都不會發生。」湯姆向她大聲喊道，她笑得很燦爛。他們穿過山谷上的田野間好一陣子之後，湯姆把曳引機停在一棵杏樹前。他們兩個還坐在上面，湯姆告訴她自己對她的愛意有多深，從第一次看見她的微笑，心便狂跳不已，她也對湯姆訴說同樣的感覺。他們找到了彼此。如果當時還有蝴蝶圍繞在他們身邊飛舞的話，湯姆很可能就會立刻跟她求婚。不過他相當興奮，仍然充滿著期待，相信那一刻應該就快來到了。**我們擁有一輩子的時間**。他在心裡想著，考慮什麼時候要向她開口。

在想著這個問題的同時，湯姆突然意識到前方那間小餐館，正是當初莊園地主提議要他修復莊園的地點。**這會不會是個預兆？他是否應該在這裡，像傳統習俗那般，先向她的父親請求答應這門婚事？**湯姆自問著。住在這裡的這段期間，他聽說胡安妮塔的父親每當必須做出重要決定時，都會來到這裡。然而當他更靠近餐館的時候，看見莊園地主固定座位的那張餐桌前坐著一個老人。如果他沒有坐在那個座位，湯姆就不會注意到他。這幾個月以來，除了莊園地主之外，他從未見過任何人坐在那裡。但當他越來越接近老人時，才驚覺是誰坐在他面前。

「我其實一直在你身旁，只是你從來沒有注意到我。」解夢人有點惆悵地向他打招呼。湯姆疑惑不解，他以為老人從那晚在壁爐旁喝茶後，就永遠消失不見了。本來還擔心他可能發生了什麼事，因為他的離去如此突然，甚至連一聲再見也沒有。不過後來都沒有聽說這附近地區發生什麼事故，湯姆才比較安心地想到，解夢人可能只是需要錢，所以必須全國各地去尋找其他人，追討未付的款項。他對老人的處境感到同情且難過。「我能和你一起坐嗎？」湯姆問道後，不等對方回答就逕自坐下，想著至少要陪他一會兒。他很高興地告訴解夢人他的經歷。報告了整修莊園的工作已大功告成，以及與莊園地主間建立的友誼。講述了莊園地主在他原本留在這裡的最後一個晚上，邀請他在莊園吃飯，以及那天晚上如何改變了他的人生。但是當他談到那個女孩時，解夢人竟然只是沉默地看著他。**他可能比較想知道我最後的那場夢**，湯姆想著，同時驚訝於這位老智者看起來似乎沒有讀出他的心思。**也許在過去這段時間他更快速地老化，逐漸失去了原來特有的天賦**，湯姆心想著，感到一陣悲哀。上次遇見時，他對這個老人還充滿了不信任，現在卻只剩下同情。湯姆決定向他敘述最後那場夢。也許這會讓他振作起來。他講述了貝都因人，還有正如解夢人所預言的那樣，他確實通過了第一個試驗，因為他不再想得過多。他解釋了自己如何學會沉浸在當下；還說了無數次騎著驢子，漫無目的地一遍又一遍地穿越沙漠的騎行，終於在最後一天早上在棕櫚樹下，有了新的領悟。

「只是我現在才知道在沙漠中、我在夢的最後領悟到了什麼。」湯姆滿面春風地看著解夢人。他是如此地欣喜若狂，以至於完全沒有注意到老人變得越來越安靜，甚至看起來有點悲傷。「就是根本沒有目的地。人生不是這樣運作的。所有人都相信自己必須尋找目標、尋找夢想，就像我在夢中那樣，一次又一次地不斷在沙漠中重新出發。其實有一種聲音，讓我們內在的宇宙發出迴響，有些人一開始根本聽不到這個聲音，但是對那些已經學會完全與自己同在，並重新發現自己內心聲音的人，就會聽到他們內心的召喚。這就是第二個試驗，我不得不在沙漠間面對這道內心的聲音。在我學會了掌控自己的思想，不再任由它們把我帶入深淵之後，我現在又能聽見那道聲音。就是我的心。」湯姆滿心期待地望著解夢人，但對方仍保持著沉默，極為疲倦地看著他。湯姆現在也注意到了他眼光中的悲戚，開始擔心地想知道老人是否真的沒事。也許對於湯姆自己已經想出了對夢境的解釋，他很難接受；也許他現在更老了，體力消退得更快，他覺得自己不再被需要；也或許他迫切需要錢，且寄望著有一天能為湯姆解釋夢境，可以獲得一筆賞金。**等下我就給他一些錢。畢竟，他解釋了我的第一個夢境，我也是從他那裡學會如何自己辨別夢中的訊息。**對於解夢人最後可能會要求得到他那夢寐以求的心石這件事，已經不再困擾湯姆。他的生活早已不會再被曾經讓他產生不信任和恐懼的思想所引導。湯姆又想到了胡安妮塔，接著繼續告訴解夢人那些他認為自己可以從最後的夢境中解釋出來的見解。

「即使我心中的聲音一直在夢中要求我啟程出發，我也只是在沙漠中漫無目標地徘徊。因為我根本就不知道自己要尋找什麼。就算許許多多的日子過去了，如果我終究不明白這個試驗到底是什麼的話，我就會無止無盡地不斷穿越著沙漠，卻沒有任何進展。在夢中的我已經知道了；而在現實生活中，卻是直到遇見胡安妮塔時才明白。」他笑了笑。那是一種只有愛的魔力才能喚出的微笑。「宇宙向我展示了，有時候事情會自然地發生；生命中總是會有你可以依靠的安排出現，儘管有時必須繞道而行，或者也會有黑暗的時刻，」湯姆的笑容越來越燦爛了，「但最終，在最黑暗的時刻過後，太陽便會出現為你指引明路。起初，我完全不知道整修好莊園，再次擁有各種可能性之後，我的道路會把我引向何方。我以為有了足夠的錢回到原來的生活，任何其他的可能也都會向我敞開大門，只是我不知道我的使命到底是什麼。就在那一刻，宇宙為我帶來了胡安妮塔。」湯姆感覺到自己的心在一聽到她的名字時，是如何地狂烈跳動。「它向我表明，我所要做的就是留在原地，全世界的幸福便會自然降臨到我身上。」

解夢人似乎想說點什麼，湯姆幾乎可以感覺到他的臉因為痛苦而扭曲著。**也許他很擔心自己喪失了要求獲得酬勞的權利，因為我已經可以透澈地解釋自己的夢了。也許他離開忘憂谷後真的有金錢方面的困擾，甚至連買食物都成問題。**湯姆決定請客，之後再給他一大筆錢，那是自己不再需要的，解夢人看起來卻更需要這些錢，因為湯姆現在真的在他臉上看到沉重的愁雲慘霧。

但是湯姆還是不敢問他，因為不想讓老人家難堪，於是把自己的敘述做了個總結：「在夢中，我已經決定第二天不要再騎進沙漠，而是在棕櫚樹下等待宇宙繼續為我準備的事。」湯姆停頓了一下。「然後胡安妮塔進入了我的生命。透過她，我明白了宇宙在時機成熟的時候，自會向人們揭示存在的目的，你根本不必費心去尋找它。胡安妮塔正是我生命的意義。我終於找到我問題的答案。為了尋找這個答案，曾把我帶到忘憂谷和你面前。」湯姆笑了笑，他從未感到如此的快樂。過去所有的痛苦和辛勞都是值得的。他還記得自己當初在失去所有的錢財之後，是多麼絕望。他還想起到忘憂谷被贈予「忘憂」這份禮物之前，起初來到這個國家時是如何地迷失方向。他現在竟然還可以從不同的角度看待父親的過世。**最終就是它把我帶到這裡來的。沒有它，我永遠也不會遇到胡安妮塔**。湯姆想到他的石頭。**你的石頭已經知道你的路**。這就是解夢人在他們相遇一開始就預言過的。「我真心感激你們大家為我所做的一切，」湯姆對老人說。然後，當他正要拿出錢時，被老人制止了。「不用了，」解夢人說：「你的感謝今天對我來說已經足夠了。」**他**

第24章

對於解夢人匆匆地離去，湯姆感到很困惑。他在餐廳外的小桌旁又坐了一會兒，把一切想了又想。喝著他的紅酒，回想起與這位老人的相遇，他發現解夢人在他們每次談話之後，總是會消失不見。在忘憂谷那天，他把湯姆打發走。那天晚上在壁爐旁交談之後，他偷偷地溜走。但湯姆現在有種感覺，這一次解夢人走得太匆忙，簡直就像是從他身邊逃難似的離開。

---

5 奧波勒斯（Oblus），古希臘的一種小銀幣。在希臘神話中，要在死者口中放一枚奧波勒斯，作為讓死者渡過冥河的酬勞。

他的問題一定很嚴重。湯姆想著並且後悔自己沒有找到辦法幫助他。**可能替人解釋夢境的生意不像以前那麼好了。**湯姆忽然想起他以前的生活，可以想像解夢人在這個時代若要生存一定不容易，因為越來越少人真心在意自己的夢想（前提是如果還有人在做夢，在意自己的渴望的話）。湯姆完全可以理解這一點，直到去到忘憂谷之前，他自己已經很久不曾做過夢。而在這些會做夢的少數人之中，又有一些人最後已經可以對自己的夢境進行解釋，那麼在這個世界上，對一個解夢人來說，就剩下沒有多少生意可做了。

湯姆發現自己也累了。葡萄酒在正午的炎熱中發揮作用。如果是在過去，他一定會懷疑，猜測是解夢人在他的杯子裡加了什麼東西。但今天，他只是開心面對這份午後逐漸增加的疲憊。他想到了胡安妮塔，很高興透過她，知道如何通過沙漠中他的最後一項試驗。當他還在想著，不知道什麼時候可以再次見到他的驢子和貝都因人時，他的眼睛慢慢地閉上，開始做起了夢。

第25章

陽光照射在阿拉金的眼皮上。他不得不瞇起眼，過了好一會兒，才意識到自己在那裡。他又再次在棕櫚樹下醒來，就像之前經歷過的許多次一樣。他仍是躺在帶給他一些涼意的樹蔭下，再度等著聽到那聲音和用糧食迎接他的驢子。

但某些地方與之前幾個清晨經歷過的有所不同。之前是一點頭緒也沒有地無數次重複穿越沙漠，他內心深處現已發生了某些變化。阿拉金記得，起初對每個早晨總是從相同的棕櫚樹下醒過來開始新的旅程，還感到十分驚訝；他當時認為這是一個個踏上新路程的機會，他敢於以新的嘗試來達到目標，儘管他根本不曉得目標是什麼。而隨著時間的流逝，他也漸漸地習慣再度從這個地方出發，去尋找莫名所以的東西，以至於根本不再質疑為什麼自己一直被帶回這個地方。

但這次相反地，阿拉金很快就集中精力在尋找正確的道路。他用盡所有精力嘗試不同的方法。有幾次，他讓驢子決定他們騎往哪裡；他把那個對他說話的聲音歸咎於驢子。其他時候他自己承擔領導驢子的責任。他有系統地處理分析這項任務，並且試圖從幾個主要的方位出發，以縮小範圍和可能性。但是沒有一條路把他帶到目的地。另外有些日子，他則隨緣隨機決定，例如跟隨風的方向前進，或者他以為在沙漠中隨便發現的一個徵兆。但這些全都沒有用。在他以為自己已經好幾年在路上的這段時間裡，那個他所不知道的目標，也一直沒能找著。

直到最深的絕望、最懷疑的那一刻降臨，直到他已經不知道應該如何繼續下去，直到沒有更多的路可走時，他想起了自己的旅程最初。

「我們今天不上路嗎？」他聽到那聲音問他。阿拉金看著他的驢子。「該是時候給你取個名字了，」他對那聲音回答說：「這樣我就知道你是誰了，我要叫你『克梅姆』[6]。」他感覺得到那聲音也同意。「這名字很美。」他聽到那聲音說。於是他也回應：「我覺得這個名字很適合你。」

「所以我們今天不走了？」克梅姆又問他。「不了，我們今天不走了，克梅姆。」「為什麼不呢，阿拉金？」那聲音問道，驢子滿是期待地看著他；他的動物正等著他躍到牠的背上，帶領牠進入沙漠。

「你知道嗎，克梅姆，經過所有這些旅程，有一件事情對我來說最終漸漸變得清晰起來。」「你瞭解到了什麼嗎，阿拉金？」克梅姆回問他。阿拉金再次坐回棕櫚樹的樹蔭下，往前方直直望過去好一陣子。花了好一會兒時間，才把他已經知道的，組合成一個句子。驢子看著，克梅姆可以看到阿拉金的心靈中正在敲擊著，有一團火在那，就像在煉鑄鐵一樣燃燒著，火花四濺，當克梅姆瞥見阿拉金眼裡最後一個飛濺的火花時，這項工程就完成了。那是一句阿拉

6 克梅姆，Cormeum，亦可解為cor meum，意思是「我的心」。

金即將說出口的話，他把它呈現得像是經由金屬淬鍊後的覺悟，然後簡短地交付出來：「人生不是一場旅行。」

「阿拉金，這是什麼意思？」克梅姆問他，阿拉金回道：「我們相信我們必須要出發去某個地方，為了要到達某個地方而去尋找一個目標。而這，只是一個幻覺罷了。」「要不然那人生該是什麼樣子？」克梅姆問道。「人生其實就像音樂和舞蹈。我們聽音樂不是為了聽到音樂結束，我們跳舞，也不是為了要跳到某個地方特定的空間去。我們聽音樂是為了音樂本身，我們跳舞是為了跳舞的那片刻，讓我們自己沉浸其中，而不是為了追求一個目標。追求一個目標，只會讓我們在達成後又反射回到原點，再度開始尋找下一個新的目標——就像我們日復一日重新又在棕櫚樹下開始旅程一樣。」

阿拉金記得在這裡最後一個晚上，是個尋找特定目標的試驗。他在尋找生命的意義，這是他的目標，卻在穿越沙漠的旅程中幾乎被他遺忘了。而貝都因人告訴他，想要在尋找生命意義的過程中向前邁進，就必須活在當下。

「所以我們今天不出發了。」阿拉金此刻大聲而清晰地說。驢子打量他一會，看他就這樣在棕櫚樹蔭下坐著，牠也跟著坐了下來，把頭向前伸到地上，躺在沙漠裡。

他倆這樣休息好一段時間，阿拉金打從心底感到心滿意足，有一旁躺在地上的驢子相伴，觀察著沙漠中的砂礫，突然間他又聽到了那聲音。

「阿拉金，但是明天我們的糧食都將用盡了。到時你該怎麼辦？」克梅姆問道。棲身在棕櫚樹下的阿拉金，聽到克梅姆話語中的疑問時，立刻召喚出內心許多負面的思緒把自己包圍了；這些想法就像要攻克堡壘一樣，此時潛伏在阿拉金眼前的沙丘，已經準備好隨時出擊，佔領阿拉金。只是阿拉金想起了他的第一個試驗，很快地就看到這些思想隨著沙漠的風消失而去。再次完全回到專注於自己身上的他，想著：**就這樣吧**。阿拉金心跳得很安穩、平靜。當他在這一天最後一次聽到那個聲音，那聲音也是平靜重複著：「就這樣吧。」阿拉金在棕櫚樹下的樹蔭下坐了一個小時又一個小時。他不吃不喝，只是觀察著周圍的世界。沙漠中的風對他來說好似樂聲。就在疲倦戰勝他之前，他看到自己在沙丘之中，跳著舞，然後他就睡著了。

第二天早上，他在他睡著的同一個地方醒過來。他的神智清醒，阿拉金睜開雙眼，清楚地看見太陽、天空和沙漠，他再度是一個人坐在棕櫚樹樹蔭下。但這次他聽到的聲音很堅定且清晰地穿進他的耳裡。

「我親愛的阿拉金，你看，你在旅途中又向前邁進了一大步。」貝都因人印拉凱說著，再次出現了。但在阿拉金看來，他好像從未離開過，就像自己昨天才在這裡看到心靈之鏡後睡著了一般；彷彿他在沙漠中的旅程只是一場不想結束的夢，而他剛剛才從夢中醒過來。

「你還剩下最後一個考驗。」印拉凱說著的同時，眼神變得沉悶和悲傷。阿拉金在某個地方見過這樣的眼神，不久前他遇到過某一個人，對方也是帶著這樣悲傷的神情看著他。此時沙漠上的天空漸漸變得陰暗，地平線的烏雲似乎預示著一場將威脅所有生命的風暴即將來襲；阿拉金感覺到這將是最艱困的一場考驗。

第26章

湯姆在餐廳前座位上醒過來的時候，已經接近傍晚了。餐廳老闆讓他在桌旁午睡，沒有叫醒他。這些日子以來他已經認識這個年輕人，知道他是莊園地主和他女兒的朋友，但是現在他得開始為晚餐擺設好餐桌。湯姆很感謝他的貼心，然後說自己還有時間去完成胡安妮塔託他做的差事。她似乎很期待著與他度過一個特別的夜晚。當她把他送出門時，他已經感覺到，她很可能正在莊園為他準備什麼。湯姆想著，忍不住牽動嘴角笑了。

不過慢慢清醒後，他也想起自己的夢境，他知道自己是對的。宇宙會送來你所需要的一切，完全沒有必要過分思考生命的意義。苦思過多，只會帶領你進入穿越沙漠無止境的旅程，最終甚至連目標都難以接近。有時候，什麼都不用做，讓事情自然發生在你身上就夠了。胡安妮塔讓湯姆明白了這一點，他此時已經抵達目的地。

但是在夢的盡頭，好像還有些什麼別的東西，他不太記得了。看起來，他似乎忽略了什麼、忘記了什麼。雖然他的旅程已經結束完成，可是他覺得他的夢還沒有做完。對此湯姆無法解釋。雖然他遇到胡安妮塔，生活現在有了意義……但是關於要承諾終生相守的約定，湯姆感覺得到，自己應該很快就會提出這個請求。一想到他們將如何向對方許諾一生，他的心立刻急速狂跳。

但這並不是他覺得哪裡不對勁的原因，只是，好像有某些黑暗的東西讓他從夢中醒過來。他這會兒想起來了，是原本一直圍繞他的輕鬆閒逸狀態，此時被一個陰影籠罩著。也許就是因為解夢人莫名其妙且迅速離開的關係，所以他可能把對老人的擔憂也帶進夢中。湯姆決定不再追隨那些把他引向黑暗的想法，必須把那些情緒先撇到一邊去。等下就要見到胡安妮塔，也許，今晚他就會向她提出那個請求。

第27章

解夢人匆匆忙忙地離開了村莊。他再次從這個年輕男孩身上看到太多的訊息。以前他曾經忽略黑暗會遮住年輕男孩的目光，而現在他卻清楚發現是喜悅，甚至是愛情的本身，它遮蔽了年輕人的眼睛。這一次，他真的需要他的幫助。

當解夢人穿越在草原和田野之間時，已經看到陰影正往莊園的方向移動過去。**當死神送給你一段旅程時，往往也會要求回報的。**他第一次在忘憂谷見到年輕男孩時，是否其實就應該告訴他這件事？解夢人現在看到黑暗正走向山谷中間的山丘時，深感悲痛。他本來想警告那個男孩的。但是他知道，萬物運行是無法被改變的。**該發生的，就是會發生。**他沒有權利干預命運、阻止悲劇，他知道自己最終也別無他法。生命中注定的事，自會運行發生，解夢人無力阻止。

年輕人忘記了，他必須要通過三個考驗。他太興奮於找到了幸福，以至於忽略了一個事實，就是他的夢還沒有結束，最困難的考驗還在前面等著他。大多數人正是被此打敗的。就像莊園地主，從未克服過失去土地的失敗，再也找不到力量去重建莊園，因為那並不是他真正的夢想。而男孩遇到了在此之前從未瞭解過的愛情，就以為這是他的夢想，但這其實是個錯誤。因為愛是獨立存在的，它不應該被人生的夢想所束縛。解夢人問自己，他是否應該向男孩解釋關於愛情這件事。

愛能戰勝死亡，不會消失。**這就是讓他們如此痛苦的原因**，解夢人深感遺憾地想著。愛是不可磨滅消失的，愛是不受時間、空間限制的。**我們愛著人，即使他們已不在這個世界上。**這個想法讓解夢人心裡越發沉重起來。愛是宇宙靈魂的曠世傑作，它將人們聯繫起來，它可以陪伴人們穿越人生的旅程，可以是一個很好的嚮導，它讓心對人們說話，但它並不是人生的目標。湯姆仍然需要學習這一切，而且這將會是個充滿痛苦的學習。

解夢人非常憂心。他知道這一次對男孩來說，將是生死攸關的問題。他不需要火，不需要風，也不需要灰燼來告訴他這一點。

因此，他開始召喚所有能在世上起作用的力量。他停住腳步，佇立於正在穿越的田野之間。他閉上眼睛，喃喃地說著大自然的無聲話語。他必須要召喚蝴蝶。

第28章

這將會是一個大驚喜！胡安妮塔對此非常地期待。她知道所有這一切都是始於那輛曳引機。她仍然記得幾個月前的一個晚上，父親回到家後，是如何向她描述這個故事的，他說起那個能夠修理這輛曳引機的年輕人，那即將被重建修復的莊園，而且很可能他的夢想這次會成真。父親談起這件事，臉上所洋溢的生命氣息，是她這輩子從來沒有見過的。也就是從這一晚開始，她的父親徹底改變了。接著他日復一日，每個晚上都告訴她莊園如何再次漸漸綻放，一如她也看到色彩如何重新回到他的生活，讓這些年來一直圍繞在他身邊的黯淡全都消失不見。她的父親正在與莊園一起重生。為此，胡安妮塔早在那天晚上在莊園第一次見到那年輕人之前，就已經讓他進駐她的心中了。

胡安妮塔從未學過如何操作曳引機，不過至今生活中的所有一切，她全都是靠自己學會的，因為她必須這樣。她仍然記得第一次和湯姆一起兜風，自己是如何帶著一點惶恐爬上這台大機器的。今天晚上，她要不惜一切代價親自駕駛曳引機去見他。

胡安妮塔很早就計畫好這個晚上，她首先要湯姆到村子裡去為她採買一些生活日用品，自己隨後會在晚上過去，和他相約在市區廣場上的噴泉旁見面。她想像當自己開著曳引機到達廣場，湯姆發現是她駕駛著這台大機器時，會有多驚訝。她似乎可以看到他的臉，驕傲地抬頭看著她，知道她為了他而學會駕駛這輛車後，一定會更愛她。獨自開曳引機，就像她的人生裡，一直以來都沒有人從旁帶領她，所有一切事物都是靠她自學而成的。

她要和湯姆一起開著它去他們最喜歡的地方，到那山坡上高高聳立的杏樹旁。他們會在那裡度過一個特別的夜晚，最後她將會向他提出一個特別的問題。胡安妮塔一直以來都必須獨立打理生活上的一切，現在是時候與這個將魔法帶回到他們世界的男孩分享。這是當她還是小女孩時就已經不復見的神奇力量，在那個黑暗的日子到來以後，她的家人和所有的財產瞬間消失，她的父親也從此失去光芒，和莊園一起漸漸崩潰倒塌。

現在魔法又回來了，胡安妮塔幻想著一個嶄新的生活。她整個腦袋全是湯姆。她看見自己和他一起在傍晚黃昏的莊園，他們會有幾個孩子，一起慢慢變老。她的心滿滿都是愛。胡安妮塔閉上眼，想像著當她向湯姆開口求婚時，他會如何看著她。他那喜出望外的臉，會笑著地對她大聲喊道，我願意！這是她在死之前想到的最後一件事——在此同一時刻，曳引機轉入主要道路，瞬間翻倒，滑進了一旁的溝渠，將她重重地掩埋了。

第29章

傍晚在回去莊園的路上時，人們已經告知他胡安妮塔的死訊。其實，當他人還在村子裡時，心中突然激盪起一陣陣不安；在往回走的路上，那不安的感覺已經演變成一種極為不祥的預感——直到他看見溝渠裡的曳引機，才驚慌失措地拔腿往莊園奔去。在確定發生了什麼事之後，他最害怕擔憂的，居然變成了一場真正的惡夢。

他們跟他說，現在必須趕去通知莊園地主這個消息，但那時他什麼也聽不見。他們最後只好把他一個人留在莊園的露台上。他現在想獨處，這是他唯一能說的話。

湯姆感覺心像被整個拔起挖出似的，在這個它還曾經跳動的位置，現在只剩痛苦，那裡空無一物，無休止地痛。這種痛，是湯姆現在生命中唯一還感受到的事。他再也不知道自己應該要想什麼；他再也不知道，自己應該要感覺什麼。他毫無氣力，他的靈魂成為一地碎片。莊園每個角落都有她的芳蹤，她的靈魂一片片地散落在莊園各處，繚繞在穀倉的橫梁上，在曳引機的殘骸之中；沿著小徑、沿著樹籬、鮮花和杏樹到處都是她的靈魂碎片。它們碎落在整條小徑上，一直沿著台階到頂端那裡，到他第一次看見這位美麗女孩的地方。她站在露台上沐浴在夕陽餘暉下微笑著的那個畫面，在他腦海中炸裂開來。所有幫助他的靈魂在這裡獲得新生命的一切，全都在此刻消失了。

湯姆就這樣坐在莊園的露台上，盯著前方。他空洞的目光望向山谷間，就連這空洞的目光也讓他痛苦不堪。**一旦宇宙決定從你身上拿走一切，你也無能為力做任何反擊**。這是他的想法。湯姆試圖為自己做出簡短結論，這可能是個自然的循環。**一如呼吸要吸氣，就必定也要吐氣**。這是人生的前提。宇宙給了你禮物，忘憂谷、莊園、對女孩的愛，便會對你要求報償，但湯姆剛剛為此付出的代價，感覺就像是吐出最後一口氣。

那個裝有心形石頭的盒子在他身邊打開著。湯姆對水晶投以疲憊的眼神。它鋒利的邊緣在陽光下閃爍著。他想起自己當時被石頭割傷的情景：那是他住進莊園的第一個晚上，就連在他的惡夢中都還感受得到的傷。傷口已經癒合，深淵峽谷也從他的惡夢中消失，湯姆以為能從一切厄運中解脫出來。**但現在這個傷口不可能癒合了**。死亡，把一些事情終結了。湯姆想起父親去世後的那段時間，他的生活也分崩離析，他失去了立足點。但他當時的生活只不過是個舞台背景罷了，而女孩的死，粉碎的是他想要去過的生活，是有意義的，有喜悅和未來的。但是她現在死了。**這傷口不可能癒合了**。湯姆再度看向石頭一眼。**你應該要保護我的。但就像那時，你再度背叛了我**。湯姆還記得，當他的手被割傷後，他相信石頭是有兩個面向的。但他現在想的卻遠比那個更糟糕。**這石頭會保護你，只要它在你身邊，那就什麼事都不會發生**。父親總是這麼對他說。**那是謊言**！他的父親除了一個謊言之外什麼都沒留下！一個相信世界是來自神奇魔力和奇蹟的謊言。在那樣的一個世界裡，如果你堅持不斷追尋自己的夢想，夢想就會實現，所有相信、想像的一

不會保護我。抱著這樣一個想法，湯姆伸手握住水晶，他用盡全力緊緊握住它，鮮血從指縫間流淌而出。在湯姆的腦海中他想像把石頭舉向空中。**這是個謊言**！原本只是輕聲耳語的黑暗漸漸強烈。**向你所謂的心石，展示你的心在哪裡**！黑暗在湯姆的腦海中低聲命令。湯姆的心之眼看到淌血的匕首衝進自己的胸膛，粉碎了他殘餘的靈魂。當石頭進入他心臟的那一刻，謊言就會停止，一切都會結束。湯姆在腦海中已迫不及待衝進了這樣的未來：他看到自己倒在地上，身體和血液融入在莊園的地上，他將永遠和這個地方結合在一起。時間會從他身上流逝而過，把莊園再次變成廢墟。湯姆的靈魂將不會停止尋找那位曾讓他想在這裡一起共度餘生的美麗女孩，但再也尋不著她了。手的疼痛將湯姆的目光拉回到盒子裡握在手中的石頭。**這是一個謊言**。**結束它**！黑暗命令著。一個陰鬱的表情佔據了湯姆，那不再是他自己，所有注意力都在他手中鋒利的石頭上。就在他準備要把整個石頭從盒子裡拿出來，向空中高高舉起時——出現了，牠飛坐到水晶尖端上，那是一隻蝴蝶。

在混雜著希望和疲憊的熱淚中，湯姆鬆開了手，深深地沉坐入椅子中。太

第30章

「這是個怎麼樣的考驗？」當阿拉金看到天空中陰沉的雲層時，擔憂地問道。印拉凱望向黑暗的方向，它正擴散在沙漠空中，而且越來越濃厚。「你自己看。」貝都因人印拉凱說，指著正在迅速逼近的黑暗，看起來像是吞噬下所有擋在它前方路上的一切。

阿拉金看進那片虛無的黑暗時，著實嚇了一跳。雖然他已經學會不要杞人憂天，但眼前所看到的景象是如此可怕，像是在威脅著要完全吞沒所有一切。那是一個巨大無邊的黑洞，將吸進在沙漠中他眼前所看到的一切——原本才剛出現在前方地平線上，現在已經迅速蔓延開來，變得越來越大。阿拉金盯著這個黑暗虛無越久越深，它強力吸進所接觸到的一切的速度，也就越來越快。天空一點一點地坍塌，和沙漠裡的沙子一起都被席捲吸入洞裡，點燃起一場巨大的風暴。阿拉金注意到黑暗的虛無越來越強大，威脅著要把他也捕獲進去。然而，就在最後一縷陽光被黑暗吞噬之際，他在暴風雨中大聲呼喚貝都因人印拉凱：「這到底是什麼？這黑暗從哪裡來？」暴風雨拉扯著印拉凱，他的長袍在風中狂舞飄揚。「是你把它帶到這裡來的！」他喊道：「這是你對死亡的渴望！」阿拉金已經沒辦法聽清楚他最後所說的話，暴風雨在四周咆哮，棕櫚樹被折斷，以高弧度衝飛進黑洞裡。阿拉金的驢子在黑暗中也被捲飛到空中，他萬分驚恐卻只能看著他的動物消失在黑暗的虛無中。「我該怎麼辦?!」阿拉金對印拉凱咆哮道。黃沙鋪天蓋地，風暴中，阿拉金幾乎已無法辨認出印拉凱了。他雙膝跌跪在地上，眼前的印拉凱整個人卻仍筆直地站著。隨著他背景中的黑洞越來越近，吞噬掉他身後整個地平線上所有一切時，印拉凱瞬間被直接掃飛到空中，也被這場肆虐的永恆黑色風暴所吞噬。「印拉凱！」阿拉金用盡全身所有的力量嘶吼。眼前的一切讓他放棄了所有希望，彷彿他所有的生存勇氣都消失在那個黑洞裡。他覺得自己的靈魂早已失去了控制力，在黑暗中狂奔，儘管他的身體仍然跪在沙漠上；他周圍所有的一切只剩下黑暗。但是就在這最後一個片刻，就在他準備閉上眼，讓永恆的黑暗淹沒他的時候，他卻看見黑洞裡似乎有個什麼閃了一下。那只是個短暫的火花，阿拉金幾乎無法分辨出它是什麼或從何而來；他緊緊地將目光牢牢盯進黑洞裡，試圖找到那明亮的火花。他用盡所有剩餘的力量定睛在黑暗中時，它又再次閃現，然後一次又一次，越來越快、越來越大。就在黑暗的正中間，越來越強大的光的輪廓也益發清楚明顯，閃耀發光著，彷彿像是一線希望誕生了，擊退驅逐了黑暗，進而取代接管了它。

風暴漸漸退去，黃沙慢慢落回地面，天空回歸，太陽再度重新閃耀四射，阿拉金在黑色地平線上看到的那一絲希望，若隱若現地，現在已完整出現在他面前，棕櫚樹和他的驢子也回來了。「現在你認得了。」他聽見貝都因人印拉凱的聲音。當那個美麗而閃耀的物體，以綻放的方式出現在他面前時，印拉凱也再度靜靜地站在他身邊。那是一塊巨大的綠色水晶，在沙漠中高高地升起到半空中，給阿拉金的世界帶來了燦爛的色彩。

這讓阿拉金想起某個以前見過的東西，雖然沒有這麼大。當太陽在水晶正上方的天空中時，光線折射角度略有不同，阿拉金立刻看出這是什麼：在他面前是一個大型實心玻璃三稜鏡，以巨大的金字塔形式出現。

「你必須走進去，找到中心所在。」印拉凱說道。阿拉金看著他一會兒後，再把目光轉回金字塔。在其中，太陽創造的色彩逐漸展開。阿拉金著迷般的欣賞著金字塔內部壯觀的空間和廳堂，和那美麗的光線。「我要怎麼找到入口呢？」一會兒後阿拉金開口問道，才發現自己是對著空氣問，印拉凱又消失不見蹤跡。

正午日正當中的太陽，到達巨大的稜鏡正上方最頂端時，將所有的光線演繹成一場明亮的綠色、藍色、黃色和紅色的彩色風暴，彷彿紅寶石和祖母綠傾瀉在金字塔內所有走廊和房間上，這使得地板和牆壁清晰可見。阿拉金可以從外面透過玻璃看到金字塔內部正在創造的一切。他的目光落在最後一縷折射進的光線上，這些光線剛到達稜鏡的底端，形成一道彩虹的輪廓，在那裡他看見一個巨型的入口。這是一個在金字塔腳下可見的入口。

「我們進去吧！」他又聽到克梅姆的聲音，無須轉身就知道是他的驢子再度出現，站在他身邊。他謹慎小心地騎上驢子，一步步走向入口。通往入口處的步道對他來說似乎沒有盡頭。紅寶石與蛋白石藍、翠綠色和金黃色相互交替出現。一切都是晶瑩剔透的，當他們最終抵達上方時，一扇門向他們敞開，看起來像是直接通向彩虹深處。

躊躇猶豫了一會兒，阿拉金才敢踏進那扇門。這些色彩全帶著溫暖和善意，但同時間他感覺得到它們也有相反的面向。那是一種能量，如果當顏色沒有順著正確的方向流動而去，隨時可能調頭，反射到他身上去。「克梅姆，我們有這個勇氣嗎？」他回問那聲音。驢子同時間一步步地向入口走去，沒過多久，阿拉金和他的動物就消失在這個色彩繽紛的世界。

阿拉金不確定，他們在金字塔裡騎了多久。因為他的驢子和他在那裡所體驗到的，感覺就像在一個巨型的迷宮裡。每條走道都沐浴在不同的光線下，顏色也完全不相同。他騎在其中一條走廊上時，阿拉金感覺到若是顏色的能量與他相連接，就會在他身上釋放出某些東西，彷彿內在的能量脈輪[7]被觸發了；阿拉金記得他曾經從一些古代傳說中聽說過這件事，脈輪一共會有七個。「看來在這座金字塔中，我將會親身體驗到。」阿拉金想著的同時，明白自己會經過的這些彩色走廊，正是他自己內在的能量脈輪。**所以我必須要走在對的路上**，他對自己說，接著他想到印拉凱說的：**你必須找到中心所在**。

阿拉金發現，當他走在正確的路上時，能量就對他有所助益。走在那些紅色的走道上，他感受到溫暖和安全。他覺得自己與大地之母有所聯繫，平靜地想到自己是這個世界的孩子。但是，如果他騎錯了路，能量就會產生相反的效果，讓阿拉金在他的驢子上幾乎失去平衡，他得費好一番功夫才能讓自己保持直立。這時安全感突然會被恐懼取代，聯繫性則會被孤獨和迷失在這個世界上的擔憂所取代。但是阿拉金已經學會，要活在此時此刻，因此，一方面他享受著色彩能量產生的愉悅感受，另一方面，他也能夠以內心的寧靜來承受那不愉快的感受。通過如此深入和有意識地傾聽自己的內心，他產生了一種直覺，知道何時在這個迷宮中走在正確的道路上，何時又必須要糾正。他和他的驢子就這樣騎了很長一段時間，穿越在如迷宮的走廊之間，阿拉金經歷著他所能擁有的最精采壯麗和最驚恐害怕的情緒。儘管如此，他仍是平靜安詳地坐在他的驢子上。有時候，當他完全沉浸在當下時，他感覺到好像以前曾經歷過這段騎驢之旅一樣，彷彿在內心深處有某種東西，是他曾經知道、卻已被遺忘的真理。

他們就這樣在彩色金字塔稜鏡的無盡走廊裡好一段時間之後，阿拉金感覺到他們已經接近終點。他逐漸辨識出長廊的能量，以避免重複朝著錯誤的方向騎行。於是他慢慢擁有一種**身體內所有能量都呈現完美和諧狀態**的感覺。就在

---

7 這裡所指的應是七脈輪，起源於古印度梵文。七個脈輪分佈在人體各個部位的能量中心，從尾骨到頭頂，顏色為彩虹的顏色：紅、橙、黃、綠、藍、靛、紫。除印度外，古猶太教、北美印地安人、南美洲的馬雅及印加文化，都有類似說法或文字記載，認為人體是一個發光體，由七個脈輪相互串連發出七彩光芒，並和宇宙的能量相互流動。

這一刻，他發現自己已經到達走廊的盡頭，在那裡他看到一個身影，被明亮顯眼的光線籠罩著。他帶著一份終於抵達的平靜喜悅，騎向這個人。但是當他騎著驢子走出通道時，驚訝地發現他其實又回到金字塔正前方，又一次站在入口前。那明亮顯眼的光線是太陽光，而那個人影正是站在台階頂端入口處的貝都因人。「你必須要進入中心。」貝都因人提醒他的任務。阿拉金完全不能理解。他不是已經到達目的地了嗎？他錯過什麼了嗎？於是阿拉金重新騎進金字塔。但過了好一會兒，他發現自己又出現在入口處，再一次印拉凱告訴他必須要找到中心。阿拉金嘗試所有他腦袋能想到的一切方法，以期能在迷宮中做出選擇並走在正確的道路上。他試圖平等對待會導致他內心產生可怕感覺的能量，就像當他騎在顏色完美和諧的走廊上時，努力不要讓自己過度開心一樣。但任憑他做什麼都徒勞無功，每一條路最後還是會將他帶回到大門口貝都因人那裡。

阿拉金很想放棄。太陽將要下山，棱鏡金字塔的色彩正在慢慢消失。就在此刻，當太陽光線斜射時，在大門上方投下一個陰影，揭示了阿拉金迄今為止每次騎著驢子穿過入口時都忽略掉的東西。那是刻在拱門上方的文字，阿拉金努力想要辨識出來——最後，當他看清楚那裡寫著什麼時，即刻明白了自己的任務。他將目光移至現在正站在大門前的貝都因人印拉凱，他身後的沙漠映照著豔紅的夕陽，如同在鏡子裡一樣的閃耀著。

「現在你明白了，」印拉凱溫柔地笑了笑說：「從這裡走出去，只有一條路。」阿拉金點了點頭。「不過，這條路你必須獨自一個人繼續走下去。」這句話讓阿拉金感到有些痛楚。他努力不讓悲傷在心中升起，在此同時卻也感受到一股微小但溫暖的疼痛在體內輕輕地蔓延擴散。「一切都將過去，」印拉凱說：「畢竟，這不會是真正的分離。讓我們握手道別吧。」說這些話的同時，印拉凱伸出雙手，阿拉金想用自己的手抓住它們，但當他伸手去握住印拉凱的手的同時，卻看到自己的手消失在印拉凱的手中，彷彿浸入湖水一般，看起來就像是融進自己的倒影裡。接著他的手臂也消失在印拉凱的雙臂裡，就在他們兩個快要融合為一體的最後一刻，他看到對方的臉。為了道別，阿拉金以一個極為謙卑的口氣，微微抬起頭說：「是的，印拉凱……」「阿拉金，這是我極

第31章

湯姆張開雙眼，有個人正在搖醒他。他看到一張受到驚嚇的臉龐。「年輕人，你怎麼了？你還好嗎？」一莊園地主刷白的臉顯現在眼前，他的雙眼直盯著湯姆的手，湯姆跟隨著他的視線看去，發現自己躺在扶手椅上，四處血跡斑斑。

慢慢地他回復到了現實。想起當天發生的事件之後，他癱倒在陽台的扶手

8 In Lak'ech Ala K'in為古馬雅人的問候語「我就是你，你就是我」。代表人類是在一個連結與合一的狀態中共存。而這幾個字的音譯正是：印拉凱、阿拉金。

椅上，滿是血跡的手，一定會讓任何一個發現他的人感到恐懼。同時間也意識到，美麗女孩的死是真正發生過的事。他頓時感到心狠狠地刺痛著。不過在這種感覺佔據他之前，他把自己的心緒整理收緊了一下，他不願意讓她的父親擔憂更多。**這不會是她想看到的**。「沒什麼大礙。」他安撫莊園地主，仍然有點昏昏沉沉地。「我只是把自己割傷了，傷口很深，後來可能失去知覺；我很怕看到血。」說出最後一句話時，他注意到莊園地主努力忍住，不讓眼淚流下。曳引機的畫面此刻浮現在湯姆的腦海中，他無法不去想到女孩是如何因它而喪命。湯姆的雙眼一湧出淚水，莊園地主立刻明白湯姆想到了什麼。就在這一刻他在湯姆面前崩潰了，像個小男孩一樣把臉埋在湯姆的膝上，湯姆俯下身也哭了起來。他們就這樣一起蜷縮著身子哭泣，兩個人都失去了生命中最重要的人，也同時感到內疚自責：沒有他們的相遇和莊園，就不會有曳引機……他們兩人為此咒罵著自己。然而當他們再次看著對方時，卻發現彼此眼神傳達出同樣的疑問：他們為什麼不能放下自己的夢想？

「因為夢想，總會要求有所犧牲。」他們突然聽到一道聲音說著。在露台上他們的面前，站著不知何時從哪裡冒出來的解夢人。他很高興看到這個男孩還活著；至少這一次他沒有來得太晚。

「你從來沒有告訴過我，我必須為實現夢想做出什麼犧牲。」湯姆聽到莊園地主用顫抖的聲音對解夢人提出質疑。難道他也認識這老人？解夢人注意到湯姆懷疑的眼神。「所有的夢都會牽引至我，即使是錯誤的。」他轉向湯姆說道，好似又再次讀懂他的心思。

莊園地主現在才注意到，解夢人也認識這個年輕人。「他是不是也把你送上了這樣一段被詛咒的旅程？」他聲音中的顫抖越來越強烈，憤怒混雜在其間。湯姆點了點頭。兩人都轉向解夢人，帶著苛責的眼神。

「無論你能不能通過最後的考驗，還是會永遠失敗，一切都掌握在你自己的手中。」解夢人對湯姆說。他接著又嚴厲地指著地主，不管他有什麼反應繼續說：「如果你現在放棄，你就會像他一樣。你會背叛你的夢想，只有這種背叛，才會把它揭露成為虛假的夢。但如果你能通過這個考驗，你所追求的就會成真。」湯姆注意到自己是如何開始思考解夢人的話。

「滾出去！」地主對著解夢人大聲吼道。「你帶給我的只有不幸！」解夢人憐憫地看著他。「不，全都是你自己一人所為。」他堅定地看著莊園地主。「不論是誰，開始築一場夢，就必須自己獨力完成它。如果做不到，失敗終將不可避免。而且唯獨你自己要為這樣的失敗負責。」隨著這些字字句句，湯姆看到地主目光中的混亂情緒，這些是他早已經知道的。「你答應過我，有一天我會擁有一個可以從那裡俯瞰我所有土地的莊園。但是現在我的女兒死了！」湯姆感覺到一片黑暗在莊園地主身上滋長蔓延開來，而他自己剛才正一直帶著這片黑暗。「**你欺騙我！**」莊園地主的憤怒激增起來。你欺騙我！這句話在湯姆的腦海中迴響著。剛才他自己不也是這樣想的嗎？不過，湯姆感覺到自己現在改變了。他伸手去拿他的盒子，將盒子和石頭放進口袋。他看到莊園地主臉上遍佈著一片黯淡——那正是黑暗。沒多久前他還在和石頭以及自己的生命做掙扎時，看起來一定就是這個樣子。湯姆看著自已被割傷的手，感覺到內心的恐懼升起，因為他注意到莊園地主隨著高升的憤怒，讓越來越多的黑暗進入體內。

「你自己看看吧，年輕人！」解夢人轉身對湯姆說：「他無法追隨自己的夢想。現在甚至不想負起責任，為此責怪自己。」湯姆悲傷而苦澀地看著地主，這些日子以來他已經和他成為朋友。不過當他正要說些什麼時，莊園地主卻也同時想到他的存在，大喊大叫起來：「你也可以一起滾了！」似乎這還不夠，他接著說：「因為你，我的女兒死了！」這些話如同一根針刺痛了湯姆。他看到地主臉上的表情已經不再是他自己的。在憤怒之中，莊園地主又說出這句話，永遠摧毀了他們之間的一切：「是你的曳引機殺了她。你是殺人凶手！」他說這些話的同時，也將兩個人的靈魂原本在湯姆帶給這個古老莊園生命之後的聯繫，突然徹底撕裂了。思想可以傳送災難，說出的話更是覆水難收。他們之間再也不會像以往那樣，雖然他們剛剛在哀悼中還凝聚在一起，但這些話卻把他們變成了陌生人。

解夢人和男孩一起離開了很久之後，莊園地主仍然蜷縮在他的露台上，充滿了憤怒和淚水。仇恨和黑暗毒害了他的心。但比起那個男孩、那個解夢人，或世界上其他任何事物，他最恨的其實是自己。莊園變成了一個黑暗之地，從這時起，不能實現夢想的人將聚集在此，毀滅自己。

第32章

「我現在還能做什麼？」沉默中夾雜著深沉的悲傷，湯姆看向解夢人。他們倆毫無目標地穿過草地和田野，走了好長一段時間。莊園已經很遙遠，彷彿那是來自另一個時代的事。

「從這裡出發，你可以去到任何地方。」老人在他們沉默了好一段時間後說道。他們穿越過草原和田野，沿著無盡的小路不斷地走著，一直走到一條路上的某個小廣場上，廣場中間立了一個巨石。湯姆在石頭上坐下來，想休息一會兒。老人靜靜地站在他面前，望向外面的世界。路徑在此地分開了岔路。當湯姆更仔細地觀察時，注意到同時有好幾條路在這裡交會。老人是對的。從這裡出發，人們可以選擇往任何一個方向前進。

「只是再也沒有任何我想走的路了。」湯姆看進解夢人的雙眼。他沒有失去生存的勇氣，也沒有失去方向，只是已經到了生命中的某個階段，不能再繼續往前走了。既不能好好活著，也不能死去；他沒有力氣去恨、去愛，他無法讓自己隨波逐流，也無能為力再去尋求另一個目標。他再也無法沉浸在當下。他希望就此凝固凍結在這一刻。

「當沒有路可走時，你就只剩下一條路。」解夢人說。湯姆環顧四周，他看見前方有許多條不同的岔路，想像著它們會把他帶往哪裡。有時他像是一個支離破碎的人，就像莊園地主在莊園裡陷入永恆的麻木和痛苦之中。另一條路則會通往另一種情況，把他帶回原來的生活，每一天他將把自己埋在回憶裡，不給未來留任何餘地。每天的例行公事將是折磨而不是沉浸。他會把自己的生命拋在腦後，最終只希望自己多年前應該就在莊園的露台上結束這一切，那時的他還有力量。第三條路會讓他再次踏上旅程。他會試著回到忘憂谷，再次品嘗那杯酒，體會無憂無慮的感覺。但是那杯酒將會淡而無味，其中的苦澀只會混濁他的憂愁，再也無法讓他像第一次那樣感受到無憂無慮。他的生活將只是重蹈覆轍，一遍又一遍地犯同樣的錯誤。他或許偶爾會感到一點喜悅，甚至還會再次品嘗到愛的感覺。他會感受到悲傷，有時甚至會絕望。但不管感受如何，每一次都只是在重複他曾經在生命裡感受過的無色無味；他會看著自己如何褪色，直到最後完全透明。他知道在生命的盡頭消失時，他將會何等渺小，以至於自己和其他人都不會真正注意到他的存在。

眼前他所看到的每一條路，看起來似乎都毫無希望，以至於湯姆坐在這塊岩石上完全不想動。**不如變成這塊石頭好了。也許我會融化在我現在坐的這塊岩石裡，和它合而為一。我可以成為那些經過這裡的旅人的路標，因為我知道從這裡出發的每一條小路通往哪裡。**有那麼一刻，他希望永遠就這麼坐在這裡，為路過的人指路就好。**那麼也許我的生命終究還算有價值。我可以向每一個人指出前方有什麼可以期待的。我的經歷會讓每個人走上一條對他們來說相當不同，但似乎是正確的道路。**不過湯姆早已明白，所有的路都會引入錯誤之境。對每個經過這裡的旅者而言，這些不過都是繞了路，最終都是通往回去各自原有的生活罷了。畢竟這些路也沒有把湯姆引領到達目的地。**我只會是個引人入錯夢境的指標。**

「我還沒有教你如何讀懂預兆。」在他陷入沉默的思緒時解夢人突然說道。湯姆抬起頭來。他當初跟隨著蝴蝶，還相信自己最終能夠解釋自己的夢境，但是他自己解讀所謂的「預兆」，最後往往都被證明是錯誤的。就像在他經歷第一次試驗時，他的思緒矇騙了他；就像他對胡安妮塔的愛，甚至讓他忘記了這段旅程其實還沒有結束。

「第三個試驗你將會需要一些預兆。」解夢人繼續說道。湯姆懷疑地看著他。「你已經很接近了，只需要繼續跟隨著它下去。」聽著這些話的同時，湯姆低下了頭，隨即發現他整段時間一直坐著的這塊岩石上，似乎有著什麼東西。那不是文字，而是一個形狀。剛開始湯姆認為那是一塊類似蝴蝶的化石，但隨即意識到：他錯了，的確和蝴蝶有一些相似之處，但這顯示的是其他東西。湯姆站了起來，面對著它，然後清楚地看到石頭上的東西：那是個扇貝殼[9]。

「你必須跟隨著它們，直到你抵達教堂。」他還聽到解夢人說，「我會在最後一段路的盡頭那等你。」當湯姆轉過身來時，解夢人已經消失了。這一次，他沒有像在忘憂谷那樣把湯姆打發走，沒有像那晚在壁爐交談之後不告而別，也沒有像上次在小餐館相遇後那樣逃跑。這一次，在湯姆看來，解夢人就像夢中的貝都因人一樣消失了。

湯姆再看一眼扇貝殼，知道老人是對的。**你必須要走到中心**。

這是擺在他面前的考驗。他經歷過沉靜在當下這一刻，學會了漫無目的。兩者都將在最後一條道路上幫助他。他撿拾起路邊一根大樹枝，給自己削出了根拐杖。然後出發前往聖地牙哥–德孔波斯特拉城，進入聖雅各伯朝聖之路。

---

9 聖雅各伯是耶穌的門徒，相傳其遺骨安葬在聖地牙哥–德孔波斯特拉城（Santiago de Compostela）。西元八一四年，阿斯圖里亞斯國王下令在那裡建造一座小教堂，中世紀起大家為了去朝聖就會步行前往，漸漸地走出一條條「聖雅各伯朝聖之路」。扇貝殼為其標誌，也是朝聖之旅的象徵及徽章。

第33章

「你是誰？」湯姆在聽到這個問題之前，已經走了好幾百公里。這條路把這個問題呈現給他。這是這條路唯一的提問，它向每一個走在這條路上的人提出相同的問題。然而，湯姆沒有找到答案。

他長途跋涉地從塞維利亞（Sevilla），經過薩拉曼卡（Salamanca），來到奧倫塞（Ourense）。一路走過來只有永恆的孤獨相伴。他總是一次次不斷想起他的最後一場夢境，就像他在金字塔的迷宮中體驗到內在能量的所有顏色一樣，這條路也讓他內在的光芒閃耀。這條路將他與大地之母連接起來，讓他感受到生命的能量，帶給他一份直覺，使得他的內在和外在都清晰明朗起來。這條路讓他傾聽自己內心的聲音，讓他和自己的靈魂對話。湯姆記得在夢境的最後一刻，意識到貝都因人和他之間其實沒有什麼區別。**所有一切都是一體的，在一體之內本身也就是所有一切；外面的世界就是裡面的世界。**湯姆想著，**上即是下。**

只是這一路上湯姆沒有再做過夢。也許是因為他必須要等待。也許是他的夢要避免他得到認知，因為他自己還沒有找到答案。**你是誰？**他是否必須先回答這個問題，才能到達中心？又或者答案就在湯姆夢中必須要尋找到的中心？

他的徒步之旅只剩下不到幾個晚上，某天晚上他停下來休息時，在篝火的光芒下再次看著小盒子裡的石頭。現在距離聖地牙哥-德孔波斯特拉城只剩一百多公里，湯姆在到達那裡之前，只剩幾個晚上可以做夢了。**你的石頭已經知道你的路將引你去向何方。它都已經知道了，你怎麼可能還不知道？**這是老人在忘憂谷那告訴過他的。他說過的一切都是對的。湯姆深深地望著那顆綠色水晶。**所以，我的心石，告訴我：我是誰？**湯姆等待著一個跡象，等待任何可能的答案。

「我能和你坐一起嗎？」一個男性的聲音突然在他身後響起。湯姆嚇了一跳，迅速把盒子藏在他的外套裡。他轉過身來，正要站起來時，陌生人示意他坐下。「我不是故意要嚇你的，對不起。」一個中年男人站在他面前。他看起來不像來自這附近地區的人，他一定也是朝聖者。白皙的皮膚和金棕色的頭髮說明他可能來自北方。湯姆本來想要從他幾句話中聽出口音，那個人卻已經做了自我介紹，說他是荷蘭人，並且告訴湯姆他也在前往聖地牙哥的路上。湯姆其實並不是很想說話，但也不想太過無禮。這個人是他這麼久以來在路上遇到的第一個人。通常在比較大的城鎮和村莊附近會遇到許多朝聖者，但是，由於他一開始就決定在戶外星空下度過溫暖的夏夜，而不是在旅館裡，所以幾乎已經習慣沒有人作伴。湯姆希望透過這樣，比較可能找到自我，並且通過最後一項試驗。不過也許宇宙就是要在這條路即將結束時，派個人來幫助他通過最後一項任務。

「是什麼讓你來到聖雅各伯之路？」荷蘭人問道，湯姆猶豫了一會兒後，開始告訴那個人他的故事。第一天晚上，他談起自己遭遇過的打擊。第二天他們決定一起繼續走下一段路之後，湯姆還講述了其他經歷，以及有關莊園的故事。荷蘭人則告訴湯姆，他出生在一個非常富有的家庭，越來越厭倦只有物質的生活，他渴望意義、靈性，最終發現，除了走上這條通往聖地牙哥–德孔波斯特拉城的路之外，他不知道還有什麼能做的。當他們一起走了將近三天之後，湯姆問那個男人他的夢想是什麼。荷蘭人起初似乎不太明白他的問題，直到湯姆告訴他關於解夢人、忘憂谷和他自己的夢。

「這和我的經歷一模一樣！」這個男人突然喊出聲來。「打從我來到這個國家以後，我的夢就帶領我踏上這趟旅程，通往我存在的意義。我也會自問，我到底是誰？」湯姆對荷蘭人有這麼類似的夢境感到一絲驚訝。但是可以想像得到，在聖雅各伯之路上遇到的許多人，都是和湯姆一樣，被同樣問題困擾、觸動而來。

「是我的寶物在引導我的。」荷蘭人在第三天晚上，當兩人一起坐在篝火旁時說道。湯姆滿臉期待地看著他。「那是一顆紅寶石。我家的一件古老的傳家之寶，我的祖母將一切神奇的力量都歸因於此。」男人向湯姆解釋後，湯姆回應：「我也有個這樣的水晶！」湯姆滿心歡喜，他不敢相信還有其他人也被石頭引導而來。但也許，這就是這條道路的意義所在。人們在此遇到命運相仿的人，也許彼此可以互相吸取經驗與教訓。很顯然，宇宙派給湯姆這個人，在身邊協助他面對最後的考驗。「那是什麼樣的水晶？」荷蘭人突然問道。這個男人問話的樣子，讓湯姆心中短暫地升起一股懷疑及不信任，但他很快就把這歸咎於對方口音的關係。畢竟，他已經學會不要過度看重自己的負面思緒，因為這些想法經常把他帶入歧途。「懷疑」不該再存在於湯姆的世界了。經過一番猶豫和掙扎，他對這個男人全盤說出父親離開後留給他祖母綠的故事，還說了關於艾默拉德翠綠石板，並且訝異於它竟然如此地鮮為人知，以及它如何賦予他的石頭神祕力量。儘管說了這麼多，湯姆還是很慶幸荷蘭人沒有要求他把盒子拿出來。**他自己也不會想要公開展示他的紅寶石吧**，湯姆完全可以理解。這想法讓他安心下來。畢竟出身於富裕家庭的小孩，在外公開展示自己的財物，一定經常會遇到不好的經歷。可以想像他走在這條路上時會特別小心。更何況，在這裡經常可以聽到關於騙子和小偷的故事，他們知道如何騙取某些比較富有的朝聖者的信任，然後搶劫他們的財物。儘管如此，湯姆在那天晚上還

第34章

隔天一大早湯姆醒過來時，荷蘭人已經不見蹤影。他先是大吃一驚，趕緊摸索著自己的盒子，一開始並沒有發現它，忽然想起昨晚自己一定是放到另一邊口袋後，這才放下心來。他往裡面瞧了一眼，看著他的石頭，鬆了一口氣。

「來份早餐如何？」湯姆突然聽到荷蘭人在身後說，又嚇了一大跳，他以為這個男人早早就離開上路了。他有些慚愧，原來荷蘭人只是去附近離他們營地不遠的旅館，從那裡帶來熱騰騰的咖啡和一些糕點。「我一大早就醒了，沒辦法再入睡。」荷蘭人說，看著湯姆似乎一直在想著什麼。「你該不會以為我帶著你的寶石逃跑了吧？」他試探性地問。湯姆仍然沉默著。荷蘭人大笑起來：「別擔心，我完全可以瞭解，我經常有同樣的感覺。當你很有錢的時候，總是很害怕其他人會從你那裡偷走什麼。我不會怪你的。」

這些話雖然讓湯姆釋懷了點，但他還是羞愧地朝荷蘭人點了點頭。對方的反應讓他很開心，漸漸開始喜歡上這個男人，雖然有時候還是感覺到對方哪裡怪怪的。**我還是太容易對他人起疑心了**，湯姆心想，並決定將來要少去傾聽自己的想法。他們一起吃過早餐，又聊了一會兒，接著是時候該上路了。如果他們今天能走上好一段路，就只需要再過一夜，最快明天就能到達聖地牙哥－德孔波斯特拉城。他們默默地走著，努力取得進展。在行走間，湯姆經常從側面看著荷蘭人，想知道他是否會幫助自己完成最後一項試驗。**他已經提醒我不要過度擔心**，他告訴自己。**也許今天還會發生一些事情，今天在這裡的最後一個晚上，我一定會再做夢，然後結束我的旅程。**

事實上，這個晚上在篝火旁的確發生了一些湯姆從來沒有預料到的事情。當荷蘭人和他坐在篝火旁吃晚餐時，一個黑色的小身影加入了他們。是另一個朝聖者，他是遠從東方來的。從一開始這個人就讓湯姆和荷蘭人感到不自在。其實他們現在距離聖地牙哥–德孔波斯特拉城只有幾公里遠，遇到其他朝聖者是再正常不過的事了。但是這個人引起他們倆強烈的懷疑。湯姆看到荷蘭人也感到不舒服，雖然他已經下定決心不再隨著任何壞思想起舞，可是想到這裡，他不得不告訴自己，如果他的新朋友也對這個人有一點懷疑，那他就有充分的理由保持警惕。當來自東方的小矮個離開營地去上廁所時，荷蘭人對湯姆說道：「我希望他不會打劫我們。我知道這種人。不過如果無緣無故把他趕走，也太粗魯無禮，但是他在附近真的讓我感到十分不舒服。」湯姆對此再同意不過，所以反問他現在應該怎麼辦。「我覺得我們其中一個人今晚應該去住附近的旅館。我們不能兩個人同時都去，否則他可能會跟我們一起過去，在那裡把我們洗劫一空。」「但是我們兩個人的寶石該怎麼辦？」湯姆問道，希望在那個傢伙回來之前迅速想出一個好辦法。「我們其中一個人必須把兩個寶石都帶走，這樣兩個寶石就不會和他一起在這裡。」荷蘭人說，看到湯姆對這個想法感到很不自在，他充滿信任地問道：「你想去還是我去？」當他提出這個問題時，湯姆同時感到如釋重負。**他竟然會願意將自己的紅寶石託付給我**，湯姆心想。他再次感到羞愧，因為剛剛那一瞬間，他懷疑荷蘭人可能有不良意圖。「你去吧。」湯姆說這話，聽起來更像是個道歉，因為他想藉此向荷蘭人、更是向自己證明，他現在已經真正克服了那些負面思緒，可以信賴他人了。「沒問題，那就這樣，我們明天早上在旅館的門口碰面，一起用早餐，之後再一同出發走最後這一段路，直到教堂。」荷蘭人臉上散發著光芒。湯姆鬆了一口氣。也許這就是他必須通過的試驗，他必須要相信這個世界，才能夠藉此找到自己。於是他拿出小盒子，把它交給荷蘭人。湯姆相信，他可以把自己最重要的資產託付給這個世界，這世界不是邪惡的。儘管只認識這個荷蘭人幾天，但他顯然是宇宙派來的，讓湯姆在未來能夠用不同的眼光看世界。湯姆明白，如果他能做到不隨時帶著裝有石頭的盒子，其實還不夠，他必須做到的是完全放下。所以當他看到荷蘭人會妥善地照顧它時，感到很高興。那個矮小的男人回來的同時，荷蘭人說食物讓他不舒服，他最好改到旅館過夜。荷蘭人在火焰的亮光中打包好行李，和他的石頭一起消失時，湯姆笑了，他已經向自己和世界證明他的信任，並且希望透過這件事，向自我邁出另一步。**那塊石頭仍然是擋在我路上的東西。學會對它放手，可能會讓我更接近自己。**小個子已經在他旁邊睡著了，打著鼾。湯姆想著過去幾天內發生的事情，疲倦漸漸襲來。他突然對自己感到有點驚訝，這麼輕易就把石頭交給他人。**會不會太輕率了點？**反正隔天早上就可以把它拿回來。**如果連一個晚上我都不能放下它，那麼我就會永遠被它綁住了。**湯姆繼續想著，不得不因此聯想到莊園主人和他的莊園。與此同時，這個想法對他來說又似乎太奇怪了點，畢竟他的石頭應該是要引導他的。**如果沒有了它，我又怎麼能夠找到自己呢？**他問著自己，這時候已經處於半睡半醒之間。**人首先必須放下最關心、最重要的事物，才能好好看清楚它們是否會回到你身邊。唯有如此，你才能確定這份愛。**思緒在他腦海中飛快地掠過。**但是，這又怎麼可以幫助我找出我是誰呢？**湯姆想到這裡時，幾乎已經要睡著了。他是否就快要發現自己到底是誰呢？帶著這個想法的他，就在快要入睡時，再次聽到這條路對他提出的問題：「你是誰？」

第35章

這男人發現自己再次身處於森林間的空地，他仍舊不明白是如何到達這裡的，但是這一次他的感覺很好。他記得自己已經認出了彩色金字塔入口拱門上方的文字，以及那個一路帶領他走這麼遠的老貝都因人。一種恆久古老語言使用的詞彙——當他在拱門上方讀到的那一刻，就記住了它的含義：你是我，而我就是你。這是對人與人的聯繫和個人獨一性的許諾，早已存在於許多文化和古老的語言之中。他確信當自己在拱門上方讀到這些句子，同時間還聽到了一種普世的樂聲。

他能感覺到，在森林裡的這片空地上，正是他很久以前就踏上的旅程的終點。他仍然不知道自己是誰，也不記得自己叫什麼名字，但他覺得這些實際上根本毫無意義。他現在對此感覺更加清晰起來，於是漸漸想起自己為什麼會來到這裡，「為了尋找一個你許久以前曾經知道，但後來遺忘的古老真理。」他聽到那聲音對他述說。環顧四周，他發現驢子正站在空地上。

「是的，一個真理，他的意義我當時沒有意識到，但今天卻在這裡找到了。我親愛的克梅姆。」男人對那聲音說道。他溫和地看著站在空地上的驢子。這畫面拉扯著他的思想，感覺到自己好像已經懂了某個道理。

「我確定，你會找到你的真理。」他突然聽到一個更溫柔的聲音大聲而清晰地說道。這名男人再次轉過身來，看到一個男孩站在空地上，向他微笑著。「喜歡我的驢子嗎？」男人訝異地看向這隻動物，「牠是你的驢子？」他問道。「是啊，你早就知道的啊。」男孩驚訝地回答。

「來吧，我幫你一起去找尋你的真理。」男孩一邊說著，一邊躍上驢背。他們一起默默地走進森林，看見草原和河流、花朵和森林裡的各種動物。他們沿途經過了湖泊和山脈。這條路徑似乎涵蓋了整個人類生活的所有世界。一路上他們一直保持著沉默，前方一群蝴蝶翩翩飛舞著，那個男人在出發時的空地上看到過這些蝴蝶，現在再度出現在他們的面前。蝴蝶像是在草地上跳著舞，風吹著柔和的音樂，然後男人看到其他男孩和他們的驢子。

「你終於出現了。」其中一個男孩說道：「我們想出發了。」「馬上來。」男孩對他們說道，然後轉向那個男人，「我必須帶領他們，否則他們不知道該如何前進。他們不像我的驢子和我一樣熟悉這個地區。」男孩指著等候的人群。「但是我保證，你會找到你的真相，我一定會信守諾言。」男孩繼續對那個男人說著。「這裡，」男孩指向草地中間的一個位置，正是蝴蝶飛舞著的方向。「走過去那裡坐下，拿著這根羽毛和這張紙。」說著這句話的同時，他將羽毛和紙遞給那個男人，讓他在空地上坐下。那個男人按照男孩的要求過去坐好，但他不太清楚這一切意味著什麼。他疑惑地看著那個男孩，男孩已經再度爬上他的驢子，騎向那群人的領頭位置。

「現在就寫下你的真理吧！」當男孩領著由其他男孩和他們的驢子組成的隊伍，慢慢離開空地的時候對他喊著。「我該怎麼做？」男人問道。「蝴蝶會給你帶來好運。」男孩笑著說，已經消失在第一棵樹後面了。

那男人眼光跟隨著這支驢子隊伍好一會兒，直到最後一頭驢子也離開了空地。他開始書寫。記憶伴隨著他在紙上寫下的每一行字。充滿深沉的，來自內心的滿足，他一字一句、一行一行地寫，完全沒有察覺自己即將寫下古老的真理。

好一陣子過去了，男人幾乎快把這張紙全部寫滿，這時那群隊伍和他們的動物，再度回頭來到這片空地上。那位小男孩仍然騎在最前面。就在男人剛剛把最後一句話寫在紙上後，男孩和他的驢子已經站在他面前。兩個人都笑了。

「我現在應該對它做什麼？」男人懷疑地指著他寫下自己故事的那張紙。

「你必須把它藏在金字塔底下的最深處。」男孩說著，指向將森林一分為二的地方，在那中間，男人非常驚訝地看著向他閃耀出現的水晶形體。

「我為什麼要那樣做？」男人仍然問道，此時金字塔的光芒變得越來越亮。「這樣真理就不會遺失。」男孩對他喊道，這是男人聽到的最後一句話。隨著光線越來越亮、越來越刺眼，他睜開眼睛，知道自己的夢已到了盡頭。

第36章

刺眼的正午陽光，將湯姆從睡夢中喚醒。當他睜開雙眼，立刻意識到這裡只剩下自己一個人。那個矮小的男人已經消失不見，湯姆正想尋找他的小盒子時，才想起他前一晚已經交給荷蘭人帶走了。

他趕緊匆匆收拾行李，已經有點晚了。他們本來想要在旅館那碰面一起用早餐，但是湯姆做的這場夢讓他睡過頭。他到底夢見了什麼？他仍然記得很清楚所有的一切，除了他在森林裡那片空地上寫下的東西。**你是誰？**這場夢沒有給他答案。要是他記得自己在紙上寫的真理就好了。他必須回到他的水晶；在他的夢中，他已將真理藏在那裡。**其實我的石頭也知道答案的。**湯姆想著。

湯姆沒辦法及時趕到旅館那裡，不過荷蘭人肯定會等他的，一如他們約好的那樣，只不過他們現在要一起改用午餐。湯姆會告訴荷蘭人他的夢境，還要再次問及他的寶石。也許他們會聯手一起解決這個謎語。畢竟，荷蘭人對神祕的水晶並非沒有經驗，說不定最後他的紅寶石還能幫忙找到答案。

不過，湯姆在旅館沒找到荷蘭人。起初他沒有想太多，畢竟是因為自己整個早上都在睡覺，沒有出現吃早餐。但他不得不自問，為什麼荷蘭人一大早在旅館沒見到自己，也沒想到要回去營地找找看？會不會他以為湯姆已經出發去聖地牙哥－德孔波斯特拉城了？當湯姆正準備離開的時候，又看見那個矮小的男人，他正在旅館旁邊的水井裝水。「我們兩個運氣還不錯。」他對湯姆說，湯姆不明白他在說什麼。「如果不是他自己主動離開，就是我們倆和那個荷蘭人一起在營地過夜了。」他的解釋讓湯姆更為震驚。「今天早上我在旅館吃早餐時，他們告訴我有個荷蘭人在這個地區四處跑，假裝自己是來自有錢人家，進而贏取朝聖者的信任。」這句話讓湯姆感到一陣暈眩。「然後他哄騙那些可憐的人讓他們把財物託付給他，接著就帶著逃跑了。」

湯姆的臉色變得很蒼白。「好在他沒有和我們一起留在營地，我看就是你一副不信任人的樣子把他趕走的吧。」小個子又說：「就連我一開始對你的態度也感到不太舒服，但是我付不起旅館的費用，不過現在我很慶幸你把他嚇跑了。我得為這件事謝謝你。」說完這些話，小個子就出發了，因為時間已經過中午，他想及時結束這天的路程。

此時，湯姆崩潰癱倒在地了，他跌坐在旅館門前的台階上啜泣起來。他又再次錯了，一切都錯了，他不僅再度沒能理解他的試驗，甚至做出比這個更糟的事。經過一路上許多的考驗，竟然就輕易相信一個普通的騙子，魯莽地把自己最珍貴的東西輕率地給了他。那石頭應該要指引他的，現在他再也不會知道他的夢為他準備了什麼。沒有了這塊石頭，他再也無法知道他在夢中隱藏在內心的真理。湯姆再次嘗試想起夢中他在森林空地寫下的東西。但他很快便意識到，如果沒有他的石頭，他不可能想得起來了。這一次，他的輕率欺騙了他。一切都失去了。湯姆坐在離目的地只有幾公里的旅館台階上，知道自己無法抵達目的地，完成最後的旅程。

第37章

湯姆就這麼坐著，直到午後的夕陽宣告夜晚即將來到。兩個從城裡來的技工，此時在旅館前停下，準備在這裡休息。湯姆可以聽到他們聊天的內容，因為當他們走近台階時湯姆仍然坐在那裡。

「那個可憐的傢伙，還真的相信他找到了什麼神祕的珍奇異寶。」他聽到其中一個人這麼說道，「我們的珠寶大師一再向他保證這只不過是一塊碎玻璃時，他臉色大變，相當生氣。」「他要走時怎麼沒有把盒子帶走？」另一個問道。「可能是離開時太驚慌了，因為我老闆開始問一些讓他不舒服的問題。」第一個工人又說了：「這個人可能是搶劫了哪個倒楣的朝聖者。但最後，自己也成了受害者。這個愚蠢的傢伙實際上騙到的只是一塊碎玻璃。」接著，兩個人大笑起來。

湯姆可以非常清楚地聽到他們的談話。他向兩人詢問事情的經過，證實了這正是他希望聽到的事情。湯姆想知道那個珠寶商住在哪，兩個技工便向他指了路。

這家小店位在市區邊緣。珠寶商正要關門時，湯姆氣喘吁吁地衝進他的店裡。「我們已經關門了。」他說。湯姆趕緊問他：「那個小盒子還在你這裡嗎？」珠寶商抬起頭，笑了笑說：「所以這個寶物是你的囉？」說完，他便從櫃檯下面掏出一個東西。這確實是他的盒子！湯姆看到後鬆了一口氣。有那麼一瞬間，他以為裡面可能被調換過。「不過你說我這個是一文不值的玻璃碎片啊？」湯姆疑惑地看著珠寶商。珠寶商忍不住又笑了。「我就是用這個說法，把那個惡棍趕走的。」他笑著說：「當你像我一樣在這一行做生意做得夠久的時候，馬上就能辨識出誰是帶著贓物來找你的。」他看著湯姆，停頓了一下後又說道：「你也會認得出來誰是真正的艾默拉德翠綠石板碎片的主人。」湯姆瞪大了眼睛。「這個小水晶對我來說具有非常高的情感價值。」他小心翼翼地說，非常擔心珠寶商會對他這個裝著石頭的盒子索取高額的代價。「別擔心，」珠寶商又朝著他笑了笑，「我不會要求任何回報的。誰擁有如此珍貴的神祕寶石，誰就值得擁有宇宙間所有人的幫助。」

湯姆仍然在與自己掙扎著。他想不出來自己還能說些什麼。就在剛才，他以為一切都已經失去了，但是現在命運將他送到這個男人面前，而他竟然一如他父親一樣的形容他的心石。所以這個世界真的存在一種神祕的力量。湯姆試圖保持鎮定。「當然，情感的價值是無法以金錢來衡量，」珠寶商打破了沉默：「因此，這東西的價值更是非同小可。」他難掩笑意地問道：「除此之外，你還需要什麼嗎？」沒等到湯姆回答，他接著又說：「就像我剛剛說的，我們已經打烊了。」說著這些話的同時，他把裝有水晶的小盒子順手交還給湯姆，陪他走到門口。當他們相互道別時，湯姆再次看著他，眼裡含著淚水說：「謝謝你！謝謝你所做的一切。」

第38章

湯姆看著他的盒子，在店門口又站了好一會兒，直到教堂鐘聲響起，才將他從思緒中拉回來。傍晚的陽光紅通通地、溫暖地照耀著小鎮的街道，湯姆現在才注意到這裡有著熙熙攘攘的人群，其中包括好多朝聖者，在街道間川流不息。他攔下其中一個從他面前走過的人，問道：「你知道這個小鎮叫什麼名字嗎？從這裡到聖地牙哥-德孔波斯特拉城，要怎麼走？」那人驚訝地看著他，然後突然開心地笑了起來。「你第一個問題的答案將會把你引導去那裡。」湯姆聽不明白。「你已經在聖地牙哥-德孔波斯特拉城了。來吧，教堂鐘聲已經響了，再過不久，彌撒就要開始了。」

在恍忽中，湯姆跟著熙攘的人群一步步邁向大廣場。他讓自己被那些快樂的靈魂簇擁著，這些靈魂在長途跋涉後終於到達目的地。廣場上的教堂壯觀得令人嘆為觀止，來自所有路徑的力量從四面八方集中於此。

所有人身上披戴著的能量對湯姆閃耀著各種繽紛的色彩，就像他夢中的水晶金字塔一樣。人群湧向入口，湯姆隨著眾人一起向教堂前進。他的路就在這裡結束了。他手裡緊緊地握著小盒子。正當他準備開始思考應該如何解決最後一個試驗，以及他的夢要表達什麼時，就看到他了——他就站在教堂入口旁。人群推擠著湯姆向前，解夢人笑著站在那裡。沒多久，湯姆就被人群擠到他的面前。「太好了，又見到你了。」解夢人笑著說。湯姆默默地點了點頭。「所以你做到了。」湯姆靜靜地看著對方。「不是，我其實差一點失去我的水晶。而且，我一點也記不起來我在夢中得到的真理。」解夢人看著他，把頭側向一邊，對他笑了笑。「你很幸運。正好我會解夢。」

片刻之後兩人坐在教堂廣場上的咖啡館。在此前解夢人費了好一番功夫才把湯姆拉到一邊，把他從人群中帶領出來。湯姆對他述說自己在聖雅各伯之路上的經歷。他告訴他關於荷蘭人和珠寶商的事情，以及如何從珠寶商那裡找回他的石頭，而且他的石頭確實很有價值，因為它是艾默拉德翠綠石板的碎片。然後湯姆向解夢人描述了他最後的一場夢境。當他說完後，期待地看著對方。「現在你能告訴我這是什麼意思嗎？什麼真理是我曾經知道現在卻忘記的？男孩讓我在紙條上寫了什麼？最重要的是，我是誰？」

解夢人久久地看著年輕人，不發一語。其實打從在忘憂谷那棵柏樹下第一次見到湯姆時，他就已經知道這所有問題的答案。湯姆等著得到回應，等了好久，感覺這等待似乎永遠不會結束時，解夢人深吸了一口氣，說道：「現在是時候讓你付我酬勞了。」解夢人的這句話讓湯姆感到一絲憂慮在心中升起。他完全忘記了對方不是憑白無故地為他服務。在忘憂谷那裡，湯姆已經允諾過，無論解夢人最後要求什麼，他都會答應。智者當時已經預見了一切。他知道這個夢只會一點一點地漸漸顯現出來，湯姆肯定會需要他來解釋。那時從樹上吹來的風悄悄地對解夢人耳語，也許當時柏樹已經向解夢人透露了。湯姆那時並不擔心會出現一筆他還不知道代價是什麼的報酬。畢竟，他那時還自以為可以決定第一次會面之後，將來是否還會需要解夢人的幫助。隨著時間的流逝，他們兩人之間聯繫的發展，讓湯姆忘記解夢人等待著最後的獎賞，而現在正為此在向他索取。

「你想要什麼？」湯姆不確定地問道，手同時尋找著他的小盒子。之前他就一直擔心這個老人只對他的寶物有興趣。也許他已經擁有神祕石板所有其他的碎片，湯姆的石頭正是他欠缺的最後那一塊。他憂心忡忡地抓著裡面裝著石頭的盒子。因為即使現在已經如此接近他的人生目標，這塊石頭仍然是對父親的唯一追憶。當他看到老人指著自己的口袋時，湯姆的心瞬間停止跳動。

「把盒子給我！」解夢人說。湯姆感覺到那道落在身上嚴格審視的目光。這個老人果然就是要他的石頭！湯姆突然發現自己像被扔回了那間旅館的台階上，整個下午他坐在那裡哀悼他的石頭。**我到底做了什麼蠢事？竟然犧牲自己的心石來解釋夢境！怎麼可能會這樣？**思緒在湯姆的腦海中盤旋著。**難道他真的要把石頭送給老人嗎？難道他不是像荷蘭人一樣在騙他嗎？他真的會完成所有釋疑解惑的工作嗎？**可是他偏偏還需要最後一個夢境的釋義。「你先告訴我我最後一個夢境的含義。」湯姆要求老人。但老人只回答他說：「那你得先把盒子給我。」解夢人看到湯姆是如何地在掙扎。他所有的過去都在那個盒子裡，所有曾經擁有過和熱愛過的回憶、畫面和經歷都在那裡。

但是湯姆也深深知道解夢人是對的，畢竟他為自己做了一切，毫無疑問地，他一定也會為自己破解夢境的最後一個部分。為此他當然有權利可以要求任何獎賞作為回報。do ut des[10]給予與償付。這是自古以來的規矩。如果他不想激怒這個宇宙，那麼他就不該打破這個律法。湯姆拿出他的盒子，看了又看。過了一會兒，解夢人的視線溫柔地、輕輕地停留在湯姆和他裝有綠色水晶的小盒子上。

這正是人們通常會失敗的最後一項試驗，跟隨著這道注視解夢人心裡想著。**他們都在追求自己的人生夢想，直到最後這個平靜的時刻。這一刻是夜晚**

10 拉丁文，意指「給予與償付」。此為一種社會規範，意思是「我有所給予，所以你為之償付」。

最黑暗的時候，就在太陽即將升起之前。他們愧對宇宙對他們的信任，在抵達終點線之前把它丟棄，所有一切的努力因此化為徒勞。他們從未見過太陽升起，因為他們不再相信。

湯姆仍然直盯著他的盒子。他在這一個當下徘徊著，他已經學會掌控自己的思想，它們不能再左右他了。完全沉浸在當下時刻的他，閉上眼睛，感受那個裝著石頭的盒子在手中的感覺。那些畫面，那些所有帶著父親神奇力量的畫面，都融入此刻當下。他們和湯姆合而為一，湯姆也和他們合而為一。他是一個整體的一部分。你是我，我是另一個你。湯姆的心靈之眼再次看到這句話，他感受到自己與宇宙靈魂的聯繫；他感受到這能把他與過去和未來、所有畫面和事件密不可分地聯繫在一起，和那些他在旅途中遇到的所有人：那個有媽媽味道的老婦人、忘憂谷的旅店老闆、莊園地主和他的女兒，甚至那個荷蘭人和那位來自東方的男人、那兩個工人和珠寶商，當然還有解夢人。在這一刻，他當然也感受到與其他人、事、物的所有聯繫。湯姆覺得自己與父親有著不可分割的聯繫。他能感覺到那一刻。他感覺得到父親是誰，他是如何生活的。他父親的生活向他敞開了大門，就好像是他自己的生活一樣。湯姆當下明白，自己就是宇宙的一部分，宇宙就住在他裡面，這一切不需要一塊石頭來提醒。

在完全平靜祥和之中，湯姆睜開眼睛，他溫和地看著這位睿智的老人，把他所要求的東西給了他。當湯姆把盒子遞出並放手時，感受到一份他剛剛發覺遍佈於整個世界的和平，所有圍繞他周圍的一切都變得明亮而靜止。

解夢人再興奮不過了。他拿起盒子，打開它，看了裡面一會兒，然後笑了。最後一個部分果然符合整個大局，正如他當時所預見的一模一樣。當時他和湯姆站在山頂上的柏樹前，風已經向他宣告了一個新的奇蹟的到來，這是只有那些打從心底相信的人才能實現完成的。

令湯姆大吃一驚的是，解夢人把打開的盒子還給了他。難道裡面不是他所期望的嗎？「給我看看你在水晶下面藏了什麼。這就是我所要求的報酬。」湯姆不太明白。他雖然記得自己的那場夢，但不記得夢中發現的真理，因為那是在那位少年指示下寫出來的。但這不應該是解夢人要向他解釋的嗎？湯姆的目光落到盒子裡。有那麼一瞬間，他竟擔心盒子裡會不會是空的，直到那顆小小的綠色水晶在他眼前閃閃發光，他才確定它的存在。自從父親把盒子留給他之後，他還從未把水晶整個拿出來過。那時他在父親的床邊發現它時，非常擔心只要一觸摸到，就會把所有記憶破壞抹去；因為那樣的一個碰觸，就可能抹去他小時候握起石頭的感覺。後來他還被石頭割傷，這也代表他最好就把寶物留在盒子裡不動。他甚至不敢再去想起，當女孩過世後，他曾想摔毀這塊石頭，想和它同歸於盡。此刻湯姆非常緩慢卻能自然而然地拿起，石頭的魔力早已傳給了他，現在它只是一塊美麗的石頭，湯姆也不再害怕了。當他仔細觀察閃光時，才注意到盒子底部還有別的東西，那是張摺疊的紙條。這張小紙條，一定是很多年前被放置的，因為當湯姆將它拿出來時，發現紙張已經泛黃，感覺很舊了。他把它拿在手裡時，再次感受到解夢人的目光。他沒有打開紙張，而是直接把它遞給解夢人。這是他的獎勵，湯姆沒有權利這樣做。睿智的老人感激地接受了它，將紙條展開閱讀。那些話觸動了他的靈魂；這是即使作為一名解夢人也不常會經歷到的事情。當他讀著字句時，感覺到小男孩的手撫摸著他的靈魂。

「將一切保存在你心中。」智者一邊說，一邊把紙條還給湯姆。湯姆很驚訝。「我現在該拿這張紙怎麼辦？」他本以為解夢人會保留這張紙條，或者至少從中給他一個解釋。「那是你自己的選擇，一如既往。你欠的債現在已經償還了，因為你已經向我展示了我所要求的一切。」

湯姆看了看那張紙，確定這一定是久遠以前寫下的。這會是湯姆一直擁有的艾默拉德翠綠石板手抄副本嗎？在他開始閱讀這些字句之前，智者再次轉向他。「我還有一個請求，如果你願意的話。」湯姆示意他繼續說。

「將你所學到的東西傳授出去。我在世上的日子已經屈指可數，但宇宙靈魂仍需要能夠為尋求者指明道路的人。」

終曲

湯姆闔上了書，花了好長一段時間才將所有一切寫下來。現在的他帶著一份發自內心深處的平靜，坐在一旁有鳥兒鳴唱的自家花園裡。那正是他，彷彿再度重新體驗一切。就如同阿拉金和他的驢子在永恆無垠沙漠中的故事：這是一個關於要尋找自我生命的意義之前，首先必須擺脫一切既有想法的故事。那些會轉移注意力和混淆現實的想法，如果無法捕捉到它們，就會像最初發生在阿拉金身上的情況，差點讓他跌入深淵——正是沉浸於當下拯救了阿拉金，這也是一個人究竟能不能開始尋找自我存在意義的先決條件。在這樣的尋找中遲疑徬徨，將如阿拉金在沙漠中一樣，完全無法向前一步。當人追求一個太具體的目標，自我總是會不斷地被拋回去，一如阿拉金發現自己總會回到棕櫚樹下，他和驢子出發的地方。唯有放手釋懷和泰然自若，才能在某個時候找到自己的目標，才能推動自我前進，從而在這條道路上獲得清晰的認知。因此，阿拉金也只有在他相信的那一刻才意識到，他不必找到一條離開沙漠的路，生命的意義自會顯露出來。他必須深入自己的內心，才能找到一個他小時候曾經知道的答案。**生命中唯一的路，就是跟隨你的心。**儘管有時候做起來可能很不容易，但也只有曾經是小男孩的那個他，才能提醒他這個真理。就像騎驢子對小男孩來說很容易一樣，但對於今天的湯姆來說，作為一個成年男人卻似乎很困難。但其實一切並非如此。

這很可能就是父親想告訴湯姆的事情，也是湯姆從一開始就渴望得到的答案。其實，答案就在他所經歷的事情之中，也出現於他在解夢人消失很久後才讀到的那張紙上；他甚至還清楚記得自己當時也笑了出來。這一切他都不會忘記。等到多年後有了孩子，他會在晚上走進孩子的房間，告訴他們這個故事，一個關於騎驢少年的故事。

國家圖書館出版品預行編目 (CIP) 資料

騎驢少年：人生不是一場旅行 / 內斯托・科里（NESTOR T. KOLEE）著；林吉莉譯. -- 初版. -- 台北市：遠流出版事業股份有限公司，2023.08 面； 公分
譯自：DER JUNGE, DER AUF EINEM ESEL RITT：Das leben ist keine Reise
ISBN 978-626-361-182-5(平裝)

875.57 112010511

DER JUNGE, DER AUF EINEM ESEL RITT
by NESTOR T. KOLEE

This edition arranged with Nestor T. Kolee
through BIG APPLE AGENCY, INC., LABUAN, MALAYSIA.

騎驢少年：人生不是一場旅行

DER JUNGE, DER AUF EINEM ESEL RITT：Das leben ist keine Reise

作者——內斯托・科里
譯者——林吉莉
副總編輯——簡伊玲
校對——金文蕙
美術設計——王瓊瑤
特約企劃——林芳如

發行人——王榮文
出版發行——遠流出版事業股份有限公司
地址——104005 台北市中山北路一段 11 號 13 樓
客服電話——（02）2571-0297
傳真——（02）2571-0197
郵撥——0189456-1
著作權顧問——蕭雄淋律師
ISBN——978-626-361-182-5

2023 年 8 月 1 日 初版一刷
定價——新台幣 360 元
（缺頁或破損的書，請寄回更換）

遠流博識網 http://www.ylib.com
E-mail: ylib@ylib.com
遠流粉絲團 https://www.facebook.com/ylibfans